노대리의
정상회담

노대리의
정상회담

그 남자는 창문을 내리고 타라는 손짓을 했다.
"아 타시라고요 집까지 바. 래. 다. 준다니까
그러네"

영화에서나 보던 사이코 패스 같은 차가운 말투.
서글서글한 외모가 아니어서 더욱더

▲

무섭게 느껴졌다...#%@

延 series

수나노

나는 의도적인 삶을 살고 싶었으므로
숲속으로 들어갔다.

삶은 너무나 소중한 것이기에
나는 삶이 아닌 것은
살고 싶지 않았다

_ 헨리 데이비드 소로 〈월든〉

아
침
놀

마녀와 종년사주

2019년 방문했던 어느 사주카페에서는 나더러 '종년'의 사주라 했다. 천한 일을 하던 계집을 낮잡아 부르는 말인 '종년'이라는 단어의 사주. 그 단어에는 누군가의 밑에서 죽도록 일해도 얻어내는 것은 별로 없다는 의미가 깔려있다. 그 이후에도 다른 사주쟁이들을 몇 명 더 찾아가 보았지만 신기하게도 하나같이 비슷한 이야기들을 했다. 그렇게 적나라한 표현으로 콕 집어 듣게 된 적은 2019년뿐이었지만.

그때는 그 단어가 썩 괜찮다고 생각했었다. '그래도 노는 것보다는 낫지, 뭘 하던 쓸모는 있다잖아? 밥은 굶지 않겠네?' 하는 생각에서였다.

"원하는 것을 얻을 수만 있다면 기꺼이 누군가의 개가 되리라!"

그래서 지금은 원하는 게 있다면 발바닥도 핥을 수 있는 나는 회사에서 낮은 직급 노 대리다. 열정이란 이유로 부려 먹기 좋고, 그렇다고 신입처럼 일을 못하는 것도 아니며, 일을 고봉밥처럼 많이 얹어줘도 반발이 그렇게 없는 그 직급 말이다. '종년'에게 딱 걸맞은 직급이 아닐 수 없다. '주인의식' '글로벌 넘버원'과 같은 진짜 '주인'들이나 좋아하는 단어들을 매일 씹고 뜯고 맛보고 즐길 동안 난 대리가 되어 있었다.

회사에서 부여한 직급과 나의 마음은 별개의 것이었다. 나는 사막에 떨어져 버린 물고기와 같이 계속해서 무엇인가에 갈증을 느꼈다. 성취를 통한 재미. 그것이 내가 가장 갈망하는 것이었다. 그것은 돈으로 환산할 수 없는 것이기에 그 사주 아저씨의 이야기가 맞는 것 같기도 했다. 언젠가부터 회사에서의 성취는 욕심쟁이인 나를 만족시키기에 충분하지 않았다.

회사에서나 대리 나부랭이지, 회사 밖에선 나만이 가진 또 다른 이름들이 있었다. 집에서는 자랑스러운 우리 딸, SNS에서는 작가, 누군가에겐 통역사, 누군가에겐 언니, 또 다른 누군가에겐 건들면 경적을 울리며 손가락 욕을 날리는 성질 더러운 스파크 운전자. 등산모임에서는 무려 대장이다. 누군가는 나를 마녀 대장이라고도 부르고 회장님이라고도 부른다. 귀여운 둘기라는 닉네임도 있고 마녀라는 까탈

스러운 별칭도 있다.

무수리로 용비어천가를 부르짖는 회사에서의 삶과 바깥 세상에서 불리는 그 이름들이 가진 삶의 밸런스가 나쁘지 않았다. 누군가가 내 프로필 사진을 보고 이야기한다.

"와…… 이 프로필 사진은 거의 무슨 전무님 급 등산 사진 같은데? 노 대리 아빠뻘 되는 분들의 프로필 사진 같네?"

빨간색 글씨로 쓰여 있는 설악산 최고봉인 대청봉 정상석 옆에서 찍은 사진이었다. 프로필 사진 속 여자의 얼굴엔 미소와 근엄함 사이의 애매한 표정이 서려 있었다. 옆에 들고 있는 등산 스틱은 아더왕의 엑스칼리버처럼 보였으면 하는 마음도 있었다. "회사에서는 얌전한 무수리지만 날 자꾸 건들면 이 스틱으로 쑤셔 버리겠어!"라는 암시라도 하듯, 손은 등산용 스틱을 옹골차게 쥐고 있었다.

회사에서는 '이런 것까지 내가 해야 하나' 싶은 불합리한 업무 분장들 속에서도 '알겠습니다'나 '감사합니다'와 같이 순종적인 대답으로 마무리를 하는 상황이 대부분이다. 생각이란 것을 할 필요 없이 시키는 대로 하면 손발이 편할지도 모르겠지만 가끔씩은 밟힌 지렁이처럼 꿈틀거릴 때도 있다.

반드시 개선할 것이 있으면 의견을 내고, 의견이 관철되도록 움직였다. 그렇게 하면 결국 누군가에게 의도치 않은 상처를 주는 상황도 종종 발생한다.

"노 대리, 업무 처리가 원활하지 않다는데 잠깐 올라와 보지?"

오른손이 한 일을 왼손에게는 비밀로 해 주시면 감사할 텐데, 신속한 진행을 위해 의사 전달이 이런 식으로 되어 버리는 경우가 왕왕 있었다. 또 저 여자 때문에 피곤한 일이 생겼다는 눈빛, 마음과 다르게 입으로는 '알겠습니다'를 외치는 사람들. 그러한 상황을 만들었음에 일말의 죄책감 같은 것은 없었다. 너도 나도 그렇게 하는 것이 바로 '회사생활'이니까. 응당 서로 이해해야 하는 것이라고 마음속으로 외쳤다. 그런 과정에서 MZ 세대의 노 대리는 할 말을 하고 자기주장이 강한 사람이라는 인식이 생겼다.

그나마 회사라는 우산 속에서 고분고분한 노 대리는, 잘 보일 사람이 없다며 화장도 안 한 칙칙한 얼굴에 어두운 옷을 입고 있다. 사무실에서는 무수리답게 늘 종종걸음으로 걷는다.

하지만 산에서는 고라니를 잡아먹을 듯한 호피무늬 옷을 입고, 배우 이정재의 수양대군 걸음처럼 성큼성큼 대범하게 걷는다. 표정은 밝고 용맹하게. 입술은 쥐 잡아먹듯 빨갛게. (그래야 사진이 예쁘게 나온다.) 산이라는 곳은 무수리 노 대리가 아닌 그냥 하나의 인격체로서 활보할 수 있는 장소다. 회사라는 울타리를 벗어나면, 싫어하는 것을 싫어할 수 있다고 얘기할 수 있는 입. 누군가의 허락 없이도 가고 싶은 길로 가는 두 다리는 자유분방하다.

회사 밖에서는 보기 싫은 이는 안 보면 된다. 꼭 관계를 종료하지 않더라도 함께하는 빈도를 급격히 낮출 수 있다. 좋은 사람을 골라 만날 수 있다. 맨날 습관적으로 하던 '죄송합니다'와 '감사합니다'라는 소리는 정말 죄송할 때, 정말 감사할 때만 해도 된다. 상대를 배려하는 마음은 장착하더라도 내 마음의 편안함 그리고 내 이기심이 언제나 먼저일 수 있다. 보기 싫으면 그냥 쫓아내 버리고, 듣기 싫으면 귀를 막아 버리거나 자리를 피하거나 혹은 입을 닫아 달라고 강성으로도 얘기할 수 있다.

현대 사회는 계급이 없는 사회, 모두가 평등한 사회라고 하지만 아직까지 회사에서는 직급이라는 벽이 있다. 그래서인지 사람들은 잘 모르는 것 같다. 비록 종년의 사주일지라도 그대들의 종년은 아님. 그 직급을 떼면 난 더 이상 무수리가 아닌데 말이다. 계급장을 뗀 무수리가 어떻게 세상을 활보하고 다니는지를 알려주고 싶어 이 책을 썼다. 사회가 구성되는 어떠한 체계들이 있는 한, 상위자와 하위자가 나눠지지 않는 세상은 오지 않을 것 같다. 다만, 나를 포함한 대부분의 무수리들이 가면을 벗은 다른 이름에서는 당당하고 행복했으면 좋겠다.

'쪽쪽!' 빨대 소리가 바나나 우유가 바닥났음을 알린다. 시계를 보니, 아직 오후 한 시가 채 되지 않았다. 정말 완벽한 하루다.

1부

산
위에
사람이
있다

동물의 왕국은 싫어

"야, 신입이네? 언니한테 술 한잔 따라봐라!"

예상치 못하게 치고 들어오는 여자의 반말에 술을 따라 주며 가벼운 눈인사를 건넸다. 담배를 뻑뻑 피워 대며 흡연을 권하는 첫인상이 썩 좋지 않다. 그 여자는 화장이 진하고 약간은 부담스러운 눈매를 가졌다. 나이는 나보다 많아 보였다. 그녀의 반말과 무례함은 연장자로 대우해 주고 싶은 마음을 사라지게 했다. 그곳엔 다양한 직업군의 사람들이 모였지만 친해지고 싶은 만큼 매력적인 사람은 없었다. 내가 꿈꾸던 등산 모임은 건전하게 산을 타고 이런저런 대화도 하는 소소한 모임이었다. 불가피하다면 조금의 술을 곁들이는 정도의 그런 모임. 그런데 이곳은 그야말로 '대 환장 술 파티'였다.

룸 형태의 술집에 10여 명이 넘는 사람들이 옹기종기 앉

왔다. 생긴 지 일 년이 넘었다는 이 모임에는 이미 서로를 잘 아는 사람도 있었고 나처럼 처음 온 친구들도 있었다. 한 쪽에서는 흡연자들이 술집 안팎으로 담배를 피워 대는 통에 뿌연 연기를 마시는 것은 흡연자나 비흡연자나 매한가지였다. 20대 초반 대학생 때나 했을 법한 '아이엠 그라운드 자기소개하기' 놀이를 시작으로 술잔을 돌려가며 게임이 진행되었다. 잘하지도 못하는 369 술 게임부터 새로 나왔다는 신종 게임까지 다양한 게임들을 모두가 해야만 하는 그런 분위기다. 게임 중에는 '산 넘어 산'이라는 게임도 있었는데 은근한 스킨십을 유도해서 점점 더 수위가 높아지는 그런 게임이었다.

처음 본 이들과 손끝이 닿는 것조차도 불쾌했는데 입술과 입술이 닿아야 하는 상황까지 왔다. 내 차례가 되자 나는 우리가 있던 테이블을 벗어나 밖으로 나와버렸다. 지금 당장 집에 가 버리는 것은 처음 본 사람들에 대한 예의가 아니라는 생각과 저런 무례한 사람들에게 무슨 예의가 필요한가 하는 두 가지 생각이 머릿속에 대립했다. 그러나 '그래도 예의는 지키자'는 결론에 이르렀다. 지금은 일단 들어가고 1차가 끝날 무렵 분위기를 봐서 빠져나올 요량이었다.

분위기가 무르익자 노래방에 간다고 했다. 더 많은 스킨십을 원하는 것처럼 보이는 그들이 굶주린 하이에나를 닮았다고 생각했다. 처음 만났을 때 가졌던 약간의 긴장감은 그들의 풀린 눈처럼 풀어져 버린 듯하다. 눈치를 보다 몰래 빠져나가려고 했는데 아까 그 여자가 나를 붙잡았다.

"야야 야야! 어디 가냐? 2차는 노래방이지! 너 안주도 술도 안 먹던데 노래방 갈 거지?"

아무래도 나와 몇 마디를 나누며 조금 친해졌다고 생각하는 모양이다. 잔뜩 풀어진 사람들은 특실이라고 불리는 큰 방으로 우르르 몰려 들어갔다. 아무래도 집에 가는 것이 낫겠다는 결심이 서는 덴 오랜 시간이 걸리지 않았다. 잠깐 주저했지만 잠시의 용기로 곧 상황을 벗어날 수 있다는 생각에 힘차게 문을 열었다.

"죄송한데 저 먼저 가보겠습니다!"

'다시는 사회나 어디서든 마주치고 싶지 않다, 이 인간들아!'하는 속마음에 종종걸음으로 나오는 발걸음이 무겁지만 가벼웠다. '저와 이 모임은 맞지 않는 것 같습니다!'라는 간결한 메시지를 남기고 탈퇴 끝.

더 이상 내가 무례하다고 그들이 느낄지 어떨지가 뭐가 중요한가? 이미 내버린 3만 원 보다, 내가 그곳에서 받는 정신적인 스트레스가 더 값비쌌다. 그곳은 짝짓기를 위한 동물의 왕국이었으며 등산 모임을 가장한 술 모임이었다. 그것을 계기로 다시는 등산 모임을 하지 않겠다고 다짐했다.

그런데…… 그렇게 다짐했건만, 이후 다른 모임을 시작하게 된 계기는 우연한 기회 때문이었다. 짧은 계단 코스만을 홀로 오르내리고 있을 무렵 더벅머리를 산에서 몇번 마주쳤고 그와 SNS로 친구를 맺게 되었다. 그는 자신이 활동하는 카페를 조심스레 권유했다.

처음에는 또 새로운 사람들을 만난다는 것이 망설여졌다. SNS로 몇 주간 그 사람을 지켜보았는데 하루 걸러 산을 타는 그 모임의 목적이 산일 것은 분명했다.

그 모임은 몇 만 명의 사람들이 가입하여 활동하고 있는 대형 등산 동호회였다. 대충 훑어보니 그곳에선 엄청난 수의 산행 모임들이 동시다발적으로 진행되고 있었고 나름의 규율이 있었다. 리더들은 자유롭게 사람들을 모집해서 등산을 갈 수 있지만 남자 1명과 여자 1명의 다른 이성이 1:1로 등산을 할 수는 없다. 술을 마신 사람과 안 마신 사람을 나누어서 식사 비용을 정산하는 방식도 재미있었다. 이것저것 둘러보다가 조금 더 호기심이 생긴 나는 어느새 회원 가입 버튼을 누르게 되었다.

가입을 위해서는 닉네임을 정해야 했는데 무엇으로 해야할지 몰랐다. 등산을 시작하는 수 백명의 '등린이'와 '등산 초보' 중의 한 명이 되고 싶지는 않아 기지를 발휘해 귀엽고 깜찍하게 '계양산 또로리'로 하기로 했다.

첫 동호회에서의 산행은 매일 가던 시간과 비슷했다. 20시. 시간이 가까워지자 동호회 회원으로 보이는 사람들이 모였지만 선뜻 말을 건네기가 애매하다. 처음 보는 얼굴들에 어색한 분위기는 덤이다. 딱 19시 50분이 된 시간, 사람들이 모여 각자 자기소개를 했다. 자기소개는 닉네임으로 해야 했다.

"안녕하세요? 이번에 새로 온 계양산 또로리입니다. 잘 부탁드려요."

굉장히 촌스러워 보이고 발음도 잘 안 되는 내 닉네임이 부끄러웠지만 제법 잘 이야기했다. 닉네임이 이렇게 쓰일 줄 알았더라면 조금은 세련되고 부르기 쉬운 것으로 할 걸 그랬다. 사람들은 여섯 글자의 긴 닉네임을 부르기 힘들다며 나를 '또로리'라 불렀다. 또로리. 그것이 내 첫 산행 닉네임이다.

나쁜 말은 식물에게만

　무작정 제주행 티켓을 끊었고 한라산에 왔다. 드라마 '내 이름은 김삼순'에서 나랑 비슷한 체형의 삼순이가 현빈을 만나러 30세에 혼자 한라산을 오른다. 그녀처럼 나도 내 발로 올라 보겠다는 희망만을 품고 구체적인 계획은 없었다. 막연히 30세가 되면 오를 것이란 다짐을 했었다. 이제는 때가 된 것 같았다. 어느새 내 두 발은 어느새 제주에 있다.

　'자 여기서 내리세요' 관음사 출발지에서 사라져 버리는 게스트하우스 사장님의 뒷모습……. 이제 후회해도 소용없다. 속도가 떨어져 밤늦게 돌아오더라도 무조건 겪어내야 한다. 스틱을 펼치고 등산화의 매듭을 가다듬고 출발했다. 같은 게스트하우스에서 출발하는 인원 중 비교적 젊은 사람이 있었다. '그와 같이 가자고 할까?'라는 생각이 들었지만…… 그러지는 않았다. 꼭대기에서 운명의 현빈을 만날지도 모르기 때문이다.

평일에 여행을 온 덕에 한라산에 오르는 사람은 많지 않았다. 속도가 모두 달라 시야에 잡히는 사람은 몇 되지 않았다. 셀카로 예쁜 풍경과 내 모습을 함께 담기에는 한계가 있었다. 속도가 맞았던 아까 그 젊은 분에게 부탁하여 사진을 찍었다. 40대라고 자신을 소개한 그분을 오빠라고 부르기도 애매하고 아저씨라고 부르기도 어색해서 딱히 호칭을 정하지는 않았다.

정신없이 그와 얘기를 나누며 오르다 보니 어느덧 백록담이다. 생각보다 단숨에 오를 수 있었다. 높은 고도라 바람이 많이 불었고 구름이 조금 있었다. 백록담이라는 이름에 어울리는 사슴은 없었다. 하지만 초심자인 나에게도 한라산은 백록담을 온전히 내어주었다. 그것 만으로도 충분히 의미 있는 산행이다.

오르막길에 가빴던 숨은 내리막길에선 평온하다. 그와는 앞으로의 미래 계획 따위에 대해 이야기할 정도로 대화가 편해졌다. 나의 이성상에 대해서도 아주 구체적이고 적나라하게 설명했다.

"제가 원하는 이성의 외모는…… 눈두덩이에 살이 있고, 눈에 흰 자가 많이 안 보였으면 좋겠어요. 제가 코가 안 이뻐서 콧구멍이 앞에서 봤을 때 안 보였으면 좋겠고, 대학은 나왔으면 좋겠어요 종교는 없었으면 좋겠고 가족은 화목했으면 좋겠어요!"와 같이 구체적이면서도 민감한 정보들을 나열했고, 심지어 그 당시 내가 호감을 갖고 있던 남자에 대해서도 털어놓았다.

"지금 호감 있는 친구는, 방금 말한 것과 다르게 얼굴도 별로고 키도 작고 그리고 음…… 어쨌든 그냥, 일단은 만나보고 있어요."

감히 나 주제에 이성에 대한 외모를 평가하고 이야기한다는 것이 조금은 조심스러웠지만 서슴없이 필터를 거치지 않고 마음대로 지껄였다. 그런 발칙한 이야기도 쉽게 할 수 있었던 배경에는 다시는 그분을 만날 일이 없을 것이라는 전제가 있었기 때문이다.

내려와서 혼자였으면 못 먹었을 흑돼지구이를 높은 도수의 한라산 소주와 함께 걸치니 회사에서 받았던 스트레스가 날아가는 느낌이다. 식사를 하면서 서로 찍어줬던 사진을 공유했다. 그분의 강력한 추천에 바로 다음날 백록담보다 더 아름답다는 영실-어리목 코스도 함께 했다. 그 이후는 각자 스케줄이 달라 아름다운 한라산을 뒤로하고 오지 않을 다음을 기약했다.

그로부터 2주 정도 지났을까. 혜화역을 지날 일이 있었다. 만나던 이성친구와 함께 지하철에 올랐고 운 좋게 빈자리에 앉았다. 엉덩이를 비벼 안정된 자세로 자리에 안착한 순간 시야에 들어온 사람은 함께 한라산에 올랐던 그분이었다. 그 옆에는 어떤 여성분이 다소곳이 자리하여 무슨 이야기인지 모를 즐거운 대화를 나누고 있었고, 내 옆에는 그때의 이야깃거리가 되었던 이성 친구가 앉아 있었다. 평소 같으면, '안녕하세요! 잘 지내셨어요?' 하고 반가워할 수도 있었지만, 그럴 수가 없었다. 한라산에서 나눈 쓸데없는 이야기들을 짧은 시간 동안 곱씹어 보았다. 도둑이 제 발 저린다고…… '그냥 만나고 있어요'라고 대답했던 한 마디가 마음에 크게 걸렸다. 사실은 그 한마디만이 문제가 아니었다.

아나나 다를까. 그분이 우리 쪽을 의식하고 내 옆에 앉아 있는 이성 친구를 스캔했다. 물론 그분이 대놓고 '이 친구가 말입니다, 같이 한라산을 탔는데 당신을 그냥 대충 만나려는 의도라고 합니다'라고 이야기하진 않을 것이다. 다만 얼굴이 타 들어가는 부끄러움은 온전히 내 몫이었다. 혹여나 그 옆의 여자분에게 오해를 사는 상황을 만드는 것은 아닐지에 대한 우려에 팔다리가 불편했다. 스캔하는 눈 이후의 그분의 시선이 내 눈과 맞았고, 짧게 눈인사를 건넸다. 나의 동공 지진을 눈치챘는지 더 이상 아는 척은 하지 않았다.

어렴풋한 기억으로는 그는 서울 외각에 산다고 했던 것 같다. 그런 그를 지금 이 시간에 지하철 바로 앞자리에서 마주보게 되다니 신기하기도 하고 충격이기도 했다. 모르기는 몰라도 내가 그때 이야기했던 그 이성친구가 바로 이 사람이라는 사실을 눈치챘을 것이다. 어떤 것부터 어디까지 이야기했는지 전부가 생각나진 않지만 아찔하다. 식은땀을 흘리는 나에게 이성친구가 물었다.

"왜 그래? 무슨 일이야? 안색이 안 좋은데?"

"아니야……."라고 대충 둘러대고 다른 쪽으로 주제를 돌렸다. 굳이 한라산에 오르게 된 모든 경과와 그 사람에 대한 이야기를 언급하는 것보다는 숨기는 편이 낫다.

그날 이후로는 마음이 잘 통한다고 생각하는 처음 보는 사람에게도 내 마음의 100%를 드러내진 않기로 했다. 그것도 꼭 마음먹은 대로 되는 일은 아니었지만. 제삼자에게 어떤 사람에 대한 경험을 표출한다는 것은 언젠가 마음이 불편한 경험을 초래할 수 있다. 특히 그것이 부정적인 것이라면 더더욱. 내 마음의 평화를 위해서라도 사람에 대한 불만은 그 당사자에게 혹은 집에 있는 식물에게만 하는 것으로.

다람쥐의 자격

"대장님이라고 해서 되게 빠르실 줄 알았는데 굉장히 느리시네요. 산 몇 년 타신 거죠?"

나는 3년이라고 짧게 대답을 한다. 그리고 왜 느린지 반문하면 다시 대답한다.

"아무리 타고 또 타도 속도가 그러네요. 그만큼 먹어서 그런 가 봐요. 하하" 하고 호탕한 웃음을 짓는다. 한 손은 약간 툭 튀어나온 배를 만지작거린다. 그러면 일부 사람들은 본인들보다 느린 나를 위안 삼아 용기를 얻기도 한다. 적어도 나에게 산은 속도로 경쟁하는 재미가 중요한게 아니다. 누군가와 '함께'하는 것이 중요하다. 때로는 위에서 느린 사람을 보면서 약간의 자신감도 느끼고 반대로 밑에서 위를 보며 먼저 오른 사람에게 미안함도 느끼면서 함께 하는 것······.

40명 정도의 사람이 있는 우리 다람쥐 원정대 모임에는 두 가지의 원칙만이 있다. 만나기 전에는 직업, 나이, 성별과 같은 개인 정보를 서로 묻지 않는 것(본인이 얘기하고 싶으면 얘기해도 상관없다)과 가입하자마자 혹은 한 달에 한 번 등산 일정에 투표하기. 이렇게 두 개다.

다람쥐의 멤버가 되기 위해서는 기존 멤버들이 나가버려서 T/O가 났을 때, 공개적으로 멤버를 모집하는 방법 아니면 '지인 찬스' 이렇게 두 가지 방법을 활용해야 한다. 공개적으로 사람을 모집할 때에는 믿을 만한 직장인 커뮤니티에 'XX 명 충원 후 펑'과 같은 글을 남겨 사람들을 모집하는 형식이다. 사람들이 등산 모임에 가입하기 전에 보통 궁금해하는 질문들은 다음과 같다.

(1) 산을 시작하기 두려워하는 '초보' 형 질문

"초보도 가입 가능한가요?"

"평소에 운동 안 하는데 고수들만 하는 것 아닌가요?"

"신발은 꼭 등산화가 있어야 하나요?"

이런 경우에는, 친절하진 않지만 건조하게 '가능하다'라고 이야기한다.

(2) 산을 타고는 싶지만 주저는 되고, 일단 궁금하기만 한 '간잽이' 유형의 질문

"연령대가 어떻게 되나요?"

"남녀 성비는 어떻게 되나요?"

이 질문의 경우에는 대답을 하지 않거나 이렇게 물어보는 사람은 '거른다.'

그런 사람들은 남들의 대화를 구경만 하다 나가버릴 간잽이 유형일 확률이 90%이다. 의지와 행동력이 있는 사람이라면 저런 질문을 하기 전에 일단 실천에 옮기고 바로 들어와서 사람들과 함께 산행을 시도한다. 그것은 산을 잘 타는 것과는 상관이 없으며 의지와 행동력의 문제이다. 특히 간잽이 유형의 경우 염불보다는 잿밥에 더 관심이 있는 사람들이다. 등산보다는 애인 만들기가 주 목적인 경우가 많아 우리의 모임과는 결이 맞지 않다.

사람들이 우리 모임에 들어와서 접하게 되는 간단한 규칙이 있다. 룰은 복잡하지 않다.

(1) 닉네임을 개성 있는 것으로 변경하고, 닉네임에 지역 혹은 산 이름 쓰기

다람쥐 원정대에는 일 년에 최소 20명의 '간잽이' '등린이'와 '등산 초보' 들이 드나든다. 산악 대장의 대명사인 '엄홍길'이라는 닉네임 또한 많이 등장한다. 본인의 개성을 표현하는 것으로 해 주어야 부르기도 쉽고 기억하기도 쉽다. 지역을 알아야 근처의 사람과 산에 갈 수 있다. 본인 성향을 드러내 주는 MBTI를 재미 삼아 쓰도록 해 놓았지만 의무는

아니다.

(2) 들어오자마자, 일정 클릭 게시판에서 '미 참여'에 투표하기

(3) 한 달에 한 번 등산 일정 혹은 '미 참여'에 투표하기

투표는 자신이 아직도 산에 관심이 있고, 이 모임에서 존재하고 있음을 확인할 수 있는 지표로서 작용한다. '미 참여'에 투표하지 않고 대화도 하지 않는 사람들은 그냥 관심이 없는 것이라고 간주하여 퇴출한다.

(4) 아무리 궁금해도, 성별이나 직업, 나이 등은 만나기 전에 묻지 않기

단, 본인이 원하는 경우에는 자유롭게 본인 자신에 대해서 애기는 할 수 있다.

우리는 산을 위해 모인 모임이다. 그렇기 때문에 목적에 충실해야 한다. '나이 혹은 직업, 그리고 그 외의 것들이 뭐가 그리 중요한가?'라는 의문에서 정한 룰이다.

엘리자베스 1세는 애기했다. '나는 영국과 결혼했다'

산에 미친 솔로들은 애기한다. '나는 산과 결혼했다'

아주 바람직한 자세다. 우스갯소리로 산만 타는 청년을 보고 모든 지역에 여자 친구가 있다고 놀린다. 여자 친구의 이름은 계양산이자, 북한산이자, 관악산이다. 그 청년은 참으로 바람둥이다.

우리 모임에는 좋은 사람이 많다고 감히 자부할 수 있다. 좋은 사람의 정의는 사람마다 다르지만 보통은 나와 맞는 사람이 좋은 사람으로 정의된다. 다른 사람을 이해하고 친구로 받아들인다는 것은 정말 어려운 일인데 누군가에게는 좋은 사람이지만 어떤 다른 누군가에게는 좋지 않은 사람이 될 수도 있다. 하지만 좋고 나쁘고의 흑백 논리보다는, 하나의 방향성을 정하고, 그 범위 안에서 문제가 되지 않는다면 세상 누구나 다람쥐가 될 수 있다.

나는 마녀 대장이다

원수는 외나무다리에서 만난다고 했던가. 평범한 어느 계양산 야간 산행 날. 다른 모임에 초대받았다. 얼떨결에 예전에 내가 강제로 내쫓았던 사람과 함께 산행을 해야 하는 상황이 생겼다. 섬뜩하고 음산한 기운을 풍긴다고 생각되어 강제 퇴출했던 사람이다. 남자는 약간은 진지해서 대화 중 분위기를 흐리는 사람이었다. 가령 사람들이 모여서 저녁을 뭘 먹을지에 대해 즐겁게 얘기를 하고 있을 때 갑자기 어제 얘기했던 경제 관련 기사에 대해서 좋은 생각이 났다며 분위기를 흐리는 사람이었다.

하지만 강제 퇴출을 시킨 사유는 다른 것이었다. 자신의 성기가 크다고 매우 자랑스럽게 이야기하고 노출증 비슷한 증상을 나타난 것이 그 주요 이유였다. 진짜인지 가짜인지는 다른 사람들이 확인할 가치는 없었기에 의문만 남긴 채 강제 퇴출되었다. 그런 이야기를 할 정도로 육체적 관계에 관심이 많은 사람이었는데, 그 사람이 한 모임에서 짝사랑한 사람이 몇 명인지도 알 수가 없을 정도였다. 그냥 젖 달린 여자는 다 좋아했다. 어쨌든 퇴출시킨 사람을 다시 만나야 한다는 생각에 산행을 갈지가 망설여졌다. 혹시 그 사람이 나에게 욕을 하진 않을지 무슨 폭력적인 행동을 하진 않을지 내심 걱정도 되었다. 사실 시간이 흘러 1년이 넘은 일이기는 했다.

사람들이 모이는 장소에 도착하여 보니 서 있는 사람 중 하나가 진짜 그 사람이었다. 머뭇거리는 나를 보고 그가 아무렇지 않게 다가왔다. 옆에 바짝 붙어 그때 왜 자신을 내보내야 했냐며 능글맞게 굴었는데 그나마 다행이다. 과거를 회상하며 이야기를 나누었지만 우려했던 위협적인 일은 일어나지 않았다. 다행히도 그냥 추억 정도로 이야기하며 특별한 악감정 없이 산행을 마칠 수 있었다. 아찔했지만 앞으로도 모임장으로서 겪어야 될 일이다.

'로봇'이라는 닉네임의 친구도 모임과 맞지 않아 퇴출했던 친구 중 한 명이다. 너무 '여자' '여자' '여자' 얘기만 하는 친구였기 때문에 결이 맞지 않았다. 이 친구는 이성친구를 매우 만나고 싶어하고 결혼까지 하고 싶은 마음이 간절한 친구였다. 그것을 위해 자신을 다양한 모습으로 가꾸고 비용을 투자하는데 서슴치 않는 목적이 명확한 친구다. 결혼 정보 회사에 가입해서 소개팅을 했던 경험이나, 동일한 목적을 위해 사이비 종교에 들어갔던 경험을 만나는 사람 모두에게 영웅담처럼 이야기했다. 한 20번은 들었던 것 같다. 매번 내보내고 싶었지만 내보낼 만한 명분이 없었다. 이성 친구에게 관심이 많다고 해서 무조건 나쁜 것은 아니니까. 구체적인 피해를 사람들에게 주는 게 없으니까 내보내지 못했다. 또한 그가 굉장히 참여율이 높은 친구였기 때문에 대장인 나는 원하지 않는데도 일주일에 2~3번은 그 친구를 봐야 했다. 그것은 나에게 스트레스였고 고역이었다. 내가 좋아하는 취미 생활을 하면서 보고 싶지 않은 사람을 봐야 한다는 사실이 믿기지 않았다. 그렇다고 내가 모임을 안 나가 버리거나 가기로 했던 산행을 그 친구 때문에 취소할 수는 없는 것이 현실이었다. 다람쥐의 대장으로서 마음대로 내보낼 수도 있지만, 구체적인 명분이 있어야만 했다.

그러던 어느 날, 명분이 생겼다. 몇 번의 장거리 산행을 하면서 성가시던 일이 몇 번 있었다. 보통 산행을 기획하면, 가는 곳, 거리, 차량의 배치 그리고 마지막에 정산까지, 주도하는 사람이 대부분을 챙겨야 한다. 더군다나 정산을 당일에 바로 하는 것은 엄청난 체력이 요구되는 일이다. 아침에 산을 타기 위한 사람들을 픽업하고 2~3시간 정도의 운전

이후에 다시 3~4시간 정도의 산행 이후 수도권으로 돌아오는 일정은 웬만한 체력으론 소화하기 어렵다. 장거리 산행을 가면 정산 결과나 일정, 사진 공유를 위해 단체 카톡 방을 만들어서 함께 그곳에서 논의하는데, 대부분의 사람들은 정산이 하루 정도 늦어져도 이해를 해준다. 그래도 내 경우에는 언젠간 해야 할 숙제라는 생각에 대부분은 그날이 가기 전에 정산을 마쳐왔다.

대둔산을 다녀온 어느 피곤한 저녁, 집에 도착하여 정산 시트를 정리해서 공지했다. 전체 9명이라는 많은 인원이 참여한 산행이다. 국립공원 입장료/유류비/식사비/커피 비용 전체를 인원 별로 공평하게 나누었다. 금전과 관련 있는 내용인 만큼, 이견이 없도록 꼼꼼하게 점검했고 각 금액에 대한 비용에 대한 증빙까지 살뜰히 챙겼다. 원칙은 정확한 N분의 1이다. 대부분의 사람들이 크게 문제가 없다고 답변했으나 '로봇'이만 문제를 제기했다.

"아 저는, 카페라테를 먹었는데, 더 비싼 것을 드신 분들도 있어서… 저는 카페라테 비용인 5,000원에서 그 연계 할인까지 해서 500원 할인된 4,500원만 내면 될 것 같은데요."

9명이 커피를 마신 카페에서 약 43,000원이라는 금액이 나왔고 그를 공평하게 9로 나눈 것이 문제라는 것이다.

우리가 커피를 마신 카페는 식당 바로 옆에 있던 카페라서, '에스프레소'가 포함된 음료에 대해서는 500원을 할인해 주었다. 본인은 에스프레소가 포함된 음료를 마셨고 다른 비싼 음료를 먹은 사람보다 연계 할인까지 적용되면 다른 사람의 몫을 본인이 부담할 이유는 없다는 것이 그의 논리였다. 이론적으로 맞고 매우 합리적인 이야기지만, 9명의 인원들이 각각 무엇을 먹었는지를 다시 확인해야 했고, 기억을 더듬어 정리했으나 500원이 비었다. 답답한 마음에 사람들에게 각자 먹은 것을 일일이 물어 확인해야 했다. 힘들게 로봇이를 내 차에 태워 운전까지 해주었는데 운전한 수고비를 덤으로 주진 못하더라도 집에 막 도착하자마자 정산을 마친 나에게 500원 때문에 이의를 제기하다니! 화가 가득한 나쁜 단어들이 머리속에서 맴돌았다. 그는 이전에도 정산이 끝나지 않았는데 임의로 계산해서 일부 금액을 보내거나 하는 일이 몇 번 있었는데 그때는 조용히 타일렀었다. 그런데 이번에는 그동안 쌓여왔던 분노가 결국 치밀어 올라 터질 것이 터졌다. 그 친구에게 개인적으로 연락해서 우리 모임과 맞지 않는다고 다른 곳을 추천해 주겠다고 하였고 즉시 우리 다람쥐 원정대에서 내보냈다. 대장이기 이전에 취미생활을 즐기는 한 사람의 인간으로서, 이 친구를 내보내야 적성이 풀릴 것 같았다. 진즉 퇴출시켰어야 하는데 앓던 이가 빠진 것처럼 너무나 속 시원했다. 그 친구가 나가 버린 이후 궁금해하는 사람들은 있었지만 보고 싶어 하거나 그를 찾는 사람은 없었다.

많은 사람들이 이렇게 대장인 나로부터 강퇴를 당했다. 그래서 나의 닉네임은 마녀. 우리 모임에서 강제 퇴출에 대한 권한은 오직 나 혼자에게만 있다. 이기적이라고 생각해도 내 모임이니 어쩔 수 없다. 산에 대한 관심 없음으로 아무런 활동이 없이 두 달이 넘거나, 약속을 무단으로 어긴 경우엔 퇴출시킨다. 그 이외에도 자의적 판단으로 익명의 공간에서 사이코패스 같은 기운이 느껴지면 독재자처럼 마구 강퇴시키기도 한다. 하지만 우리 다람쥐 사람들은 그에 대한 불만은 없다. 불만이 있는 사람들은 모두 나갔다.

거자 필반이면 회자정리라고 했다. 다가오는 사람을 반갑게 맞아주되, 가는 사람에 슬퍼할 이유는 없다. 모임에는 매년 약 200여 명 가까이 되는 사람이 드나드는데 정말 좋은 친구가 되어 남는 사람도 있다. 꾸준히 활동하는 경우도 있고, 시험 삼아 들어왔다가 나가는 사람도 있고, 시간이 맞지 않아 다음에 오겠다고 하는 사람도 있다. 물론 대부분의 사람은 그렇게 얘기하고 '다시' 돌아오진 않는다. 아쉽지만 어쩔 수 없다.

추격자 종근당

지글지글 구워지는 고기에 귀와 코가 즐거웠지만, 다른 사람들의 것이었기 때문에 힐끔거리기만 했다. 오대산 근처 어느 한옥 게스트하우스에 먼저 도착한 낯선 게스트들이 고기를 굽고 있었다. 나는 조금 떨어져 앉아 혼자 먹으려고 사온 맥주와 뻥튀기를 열어 우걱우걱 씹어 댔다. 입에 넣는 뻥튀기가 맛없어 보였는지 아니면 거기서 서성이는 몰골이 불쌍해 보였는지 한입 먹어 보라며 내뱉은 어떤 남자의 한 마디가 고마웠다.

그 남자는 고기를 입에 넣은 채 자기소개를 했다. 그리고 식사를 함께 하자고 했다. 그는 주말마다 여기저기 돌아다니며 사람 만나는 것을 즐긴다고 했다. 특별한 주제 없이 이야기하는 그의 산만한 단어들에 왠지 모를 쓸쓸함이 묻어 있었다. 문득 그가 우리 모임에 와서 같이 산을 타면 좋겠다

고 생각했다. 게스트하우스에서 함께 고기를 먹던 다른 한
분도 운동을 좋아한다고 했지만 초대하고 싶진 않았다. 등
산은 그다지 좋아하는 것 같지도 않았고 직업적인 비하 발
언을 짧은 욕설과 함께 섞어 이야기하는 모습이 좋은 인상
은 아니었기 때문이다.

우리 모임에 가입하려면 닉네임을 정해야 했고 선뜻 정
하지 못하는 그를 위해 내가 '종근당'이라는 이름을 지어줬
다. 얼핏 보면 닉네임이 딱 제약회사 느낌이라 이름을 들어
본 사람들은 그런 의심을 하는데, 사실 제약회사와는 아무
상관이 없다. 그냥 이름이 비슷해서 그렇게 정했다.

종근당은 그날을 인연으로 우리 모임에 가입하여 열정
참석러가 되었다. 계양산을 타려고 충청북도 진천에서 저
녁에 올라오기도 한다. 먼 거리에도 불구하고 내가 같이 산
에 가자고 하면 거절하는 법이 없다. 다른 사람들이 그것을
보고 '진천 노예'라는 다소 짓궂은 별명으로 놀리기도 했다.
하지만 그것은 나에 대한 사랑이 아니고 그가 가진 사람에
대한 관심이다. 다른 누가 어느 때건 어떤 산을 가자고 하더
라도 꼭 참여하기 때문이다.

유독 여성 등산 참여자들에게 훨씬 더 많은 양의 선물
을 주는 것은 공공연한 사실이다. '차'는 그가 이성친구에게
어떻게 다가갈지를 몰라 선택한 나름의 방식이 아닐까 싶

다. 이마도 이성친구를 접할 일이 많지 않은 환경에서 자라 온 듯했다. 중학교와 고등학교도 남학교를 다녔고 군대에서 오랜 시간 근무한 탓이다. 그래도 지금은 나와는 조금 친해 져서 가끔은 내 뒤에서 빨리 가라고 윽박지르기도 한다. 초 반에는 수줍음도 많아서 묵묵히 기다리고 그랬는데, 요즘은 맨 뒤에서 반말로 지적질까지 한다.

"누나 빨리 갑시다! 빨리! 정말 신기하네요 어떻게 산을 맨날 타는데 속도가 그대로지?"

근당이는 일상생활에서도 사람이 고프다. 그의 첫 번째 깜짝 등장은 원적산에서였다. 원적산을 탄다고 이야기했는 데 주차장에 와 있던 종근당. 나를 깜짝 놀라게 했다. 덕분 에 같이 있던 이성 친구를 소개해 줘야 하는 떨떠름한 상황 을 만들어 냈다. 사실 내 남자 친구를 그런 식으로 소개해 주고 싶진 않았다. 같이 있던 남자 친구도 종근당을 경계하 는 눈치였다.

주차장에서 마주친 근당이를 그냥 집에 보내기는 애매해 서 밥을 같이 먹었다. 두 남자는 할 이야기가 별로 없는 듯 했다. 떨떠름한 표정으로 밥만 삼켰다. 고작 쥐어 짜낸 것 이 축구 이야기였다. 아 지루해라. 재미도 없고 유쾌하지 않 았다. 집에 갈 때는 본인보다 나이 많은 나의 남자 친구에게 밥을 얻어먹고도 고맙다는 인사도 안 하길래 인사를 억지로

하게 했다.

두 번째 깜짝 등장은 강화도였다. 마니산 산행이 있던 날 카페에서 모두와 함께 휴식을 취하고 있었을 때다. 내 친구 중에 제일 예쁜 리나가 온다고 귀띔을 해준 탓일까? 그날 오기로 하지 않았던 종근당이 갑자기 등장했다. 옷차림은 평소와 달리 멀끔한 차림이었고 목에는 사원증이 걸려 있었다. 주말이었는데도 사원증을 목에 걸고 온 데에는 이유가 있었다. 본인이 좋은 회사에 다닌다는 것을 내 친구에게 어필해서 호감을 사려고 했던 것이다. 예쁜 누나 앞이어서 그런지 유난히 헤헤거린다. 손에는 무슨 선물들을 그리도 많이 가져왔는지 차와 쿠키 등을 가지고 와서 환심을 사려고 노력하는 게 보인다. 온 김에 커피도 마시고 시간을 보냈다. 게스트하우스에서 같이 술도 마셨다. 안타깝게도 종근당은 가져온 선물만 뺏기고 내 친구의 번호도 물어보지 못했다. 그런 그를 마음으로만 응원해본다.

세 번째 깜짝 등장은 군산에서였다. 이성 친구와 함께 군산에서 조개찜을 먹고 있다가 사진을 하나 올렸다. 간판이나 메뉴 없이 순수한 조개찜만의 사진이었다. 다 먹고 나가서 차에 시동을 걸어 다른 곳으로 이동하려는 찰나. 근당이가 조개찜 식당을 기웃거리고 있는 모습을 발견했다. 여기를 왜 왔을까? 나를 놀래키려고 왔는지 아니면 조개를 같이 먹으려고 왔는지 의문이었다. 온다는 얘기도 없이 갑자기 여기를 올 줄은 몰랐는데 당황스러웠지만 그가 나를 발견할 일은 없어 보였다. 나는 이성친구의 차 안에 있었고 차종을 알리 없는 종근당이 나를 발견하진 못할 것이다.

찰칵찰칵. 기웃거리는 근당이의 뒷모습을 찍어 메시지를 보냈다.

"여기서 뭐 하냐?"

메시지에는 당혹감은 드러나지 않았다. 도대체 조개 사진만을 보고 상호를 어떻게 알았을까? 본인의 본가가 그 근처라서 식당들을 아주 잘 안다고 했다. 스릴러 영화의 무서운 사람들을 떠올리며 조금 놀랐지만 티를 내지 않고 다시 메시지를 보냈다.

"못 놀래켰지? 이 녀석아. 메롱메롱~"

나를 놀래키는 것을 재미있어하니 나도 똑같이 되갚아 줄 수밖에.

언젠가 고단한 설악산 산행에서 그가 이야기했었다. 사람들의 등에 이름표를 붙여서 뜯기면 지는 산악 게임을 단체로 했으면 좋겠다고. 사람들을 "으악!" 하면서 놀래키는 게 재밌나 보다.

나 혼자만 미친년이 아니라 다행이야

    회사에 생각보다 많은 형광등에 불이 들어오지 않고 있다는 사실을 우연히 알게 되었다. 사무실이 어두워 보였지만 누군가 문제를 제기하는 사람이 없었다. '누군가가 언젠가 얘기하겠지'라는 마음으로 며칠이나 상황이 지속되는지를 지켜보았다. 일주일이 지나고 한 달이 지나도 형광등의 불은 들어오지 않았다. 시간이 지나자 오히려 불이 들어오지 않는 형광등 개수가 늘어났다. 며칠간 지켜보면서 자기 일 외에는 전혀 관심이 없는 사람들이 이해가 가지 않았다. 물론 그 형광등은 우리 층의 형광등도 아니었고 나는 총무 담당자도 아니다. 형광등에 관심을 가지는 것 자체가 일종의 오지랖이란 것은 알고 있었다. 하지만 계속 꺼져 있는 전구를 보고 있자고 하니 마음에 걸려 총무팀에 얘기했으나, 이야기한 지 일주일이 지나도 형광들은 교체되지 않았다. 문제 제기를 아무도 하지 않은 사실과 문제 제기를 했는데도 변화가 없는 상황에 너무 화가 났다. 나는 임원도 건너뛰고 대표이사에게 이야기하여 문제를 크게 만들었고, 결국 회사 내의 모든 형광등을 점검하게끔 만들었다. 그렇게 하면서 욕도 많이 먹고 눈총도 꽤 받았다. 그래도…… 형광등이 교체되어 뿌듯하다.

이러한 상황에서 분노하는 내가 어떤 사람에게는 미친 여자로 보인다는 것도 안다. 나는 사람들의 안일함이 이해가 되지 않았지만, 많은 이들은 이런 내가 이해 되지 않는 모양이다.

대부분은 "그냥 냅 둬", "신경 쓰지 마", "너는 왜 나대고 그러니", "네가 그렇게 하면 다른 사람들이 뭐가 돼", "욕먹을 짓이야"라고 이야기했다.

하지만 내가 좋아하는 다람쥐 멤버는 달랐다. "회사에 화분이 있는데, 죽어가도록 아무도 물을 주지 않는 거야!"라고 하면서 시작한 태양왕 언니의 이야기와 결말은 내가 했던 이야기와 순서와 단어들은 조금씩 달랐지만 방향은 크게 다르지 않았다. 물을 주지 않게 된 회사 시스템과 담당자, 그 상황에 분노한 언니는, 상황을 총무 팀에 이야기하여 문제를 제기했다. 그리고는 문제제기를 한 날부터 화분이 말라비틀어지지 않는지를 계속 모니터링했으며, 언니의 문제

제기에도 개선되지 않는 느림보 일처리에 다시 한번 분노했다. 그 분노는 단순한 화에서 그치지 않고 차분한 실행과 개선으로 진척되었다. 언니의 이야기를 들으면서 마치 나의 분신과 같은 비슷한 사람이 세상에 존재한다는 사실이 너무나 기뻤다. 언니는 다른 사람들의 미움을 살지라도 그렇게 불합리하고 비효율적인 점을 발견했을 때, 묵언하지 않고 개선해 나가는 그런 사람이었다. 언니는 그 이야기를 하던 날 상기된 얼굴로 나에게 얘기했다.

"나는 그동안 내가 미친년인 줄 알았어. 다들 그냥 내버려 두라고 하는데 나만 거슬리는 거 있지. 근데 너를 보니까 내가 이상한 게 아니라는 걸 알았지 뭐야."

나랑 똑같은 생각을 하고 있는 사람이 존재하다니……. 영혼의 동반자를 만난 기분이었다. 언니가 남자로 태어났었으면 더 좋았을 텐데.

둘기 엄마 까치

등산 모임의 모임장으로 활동하며 나는 주변 누구에게나 산타는 것을 권유했다. 남녀노소를 가리지 않았으며 우리 엄마도 예외는 아니었다. 엄마는 평소에 산을 많이 타는 사람이 아니라 큰 산에 함께 오르기에는 무리가 있었다. 그래서 비교적 수월한 문수산과 황금산에 갈 때 엄마를 초대했다. 산책 느낌의 월미산에 갈 때도 엄마를 초대했다. 나는 엄마가 좋고, 친구들도 좋다. 새로운 사람들에 대한 거부감이 들 법도 한데 각종 친구들을 소개하는 조금은 이상한 나를 딸로 둔 덕에 엄마는 오픈 마인드다.

산에 몇 번 와서 친근해진 사람들은 엄마에게 '까치'라는 닉네임도 지어줬다. 내가 다람쥐 원정대에서는 '마녀'로 활동하고 숲 속 친구들 모임에서는 '둘기'로 활동하기 때문에 엄마는 같은 조류인 '까치'가 되었다.

처음에는 이렇게 관계를 넘나들며 나의 페르소나를 보여주는 것이 쉽지는 않았다. 왜인지는 모르겠지만 어린 시절 공개수업을 할 때에 가족들이 나의 모습을 보는 것이 너무나 부끄럽고 싫었다. 또 반대로 학교 친구들에게 가족과의 생활을 공개하는 것도 꺼려졌을 때가 있었다. 아마 과거에는 그러한 것들이 나에게 마이너스가 된다는 어떤 생각들이 있었나 보다. 정확한 시점은 기억이 나지 않지만 언젠가부터 그것이 괜찮아졌다.

한 번은 엄마가 친구와 싸웠다고 했다. 친구의 따님은 남자 친구와 여행을 갈 때 동성친구들과 간다고 거짓말을 한다고 했다. 엄마 친구는 '왜 너네 딸은 이상하게 너한테 남자 친구와 함께 여행 가는 상황을 거짓말도 안 하고 당당하게 얘기하는지 이해가 안 간다'고 했다. 너네 딸은 너무 까진 것 같다는 말에 엄마는 분노했다. 엄마는 발칙하지만 솔직한 내가 더 낫다고 나를 옹호했다. 그러다가 그만 친구와 싸우게 되었고 그 이후엔 그 친구와 서서히 멀어진 것이다.

비정상 딸을 가진 탓에 엄마도 비정상이 되었다. 비정상 까치 엄마는 요새도 쉬운 산행에 종종 같이 가서 사진을 찍어준다.

직장인 줌에 빠른 편

산을 타며 두들겨 맞은 것 같은 피곤한 몸을 만드는 것. 그리고 그 몸으로 달콤한 잠에 취하는 것, 그것이 나에게는 최고의 행복이자 힐링이다. 그렇게 힐링된 몸으로 월요일 출근을 하면 누군가가 물어본다.

"노 대리 오늘도 산에 가나? 또 계양산? 주말엔 어느 산에 갔나?"

하고 물어보면 나는 또 주말에 다녀온 산에 대해서 혹은 이번 주 갈 곳에 대해 신나서 사진을 보여주며 열렬히 설명한다. 그 산의 어떤 것이 좋았는지, 어떤 사람들이 있었는지, 날씨가 얼마나 좋았는지, 산행을 마치고 먹었던 막걸리와 음식들이 얼마나 환상적이었는지에 대해 설명한다. 내가 신나서 얘기하면, 일부 산을 좋아하는 사람들은 흥미롭게 맞장구를 쳐 주기도 한다.

5년이 넘는 회사 근무 기간 동안 딱 한번. 회사 사람들과 단체로 산을 타러 간 적이 있다. 강화도에 있는 436m의 고려산이다. 말이 436m이지 거의 대부분을 차량으로 올라갈 수 있어 실제 산행 시간은 한 시간도 안 되는 곳이다. 약 30명의 회사 직원들이 가겠다고 지원했고 그중에 나도 부서 대표로 가기로 했다.

평소에 산을 다닌다고 떠벌려 온 탓에 조금은 긴장이 되었다. 그래도 산쟁이 다운 면모를 보여야 한다는 약간의 강박이 있었다. 그 때문에 꼭 그럴 필요는 없었지만 유난히 준비를 철저히 했다. 낮은 높이의 고려산에는 어울리지 않는 멋진 등산 복장과 큰 배낭을 가지고 그 산을 올랐다. 복장도 복장이지만 산은 꼭 잘 타야 했다. 산을 좋아하고 잘 탄다고 소문이 나 있는데 혹여나 꼴찌가 되면 굴욕이다.

산행이 시작되고 언덕길을 올랐다. 회사 사람들은 체력 관리가 안 되었는지 나보다는 속도가 느렸다. 다행이었다. 안도의 한숨은 속으로 내쉬었다. 겉으로는 숨이 가빴지만 티를 내고 싶진 않아 최대한 숨 고르는데 집중하기도 했다. 모든 등산이 종료된 후에 나는 그래도 '산 잘 타는 체력 좋은 사람'으로 여전히 남아있었다.

등산 모임에서는 꼴찌를 하고 속도가 느리다고 타박을 받는 구박덩이인데 회사에서는 그래도 1등이다. 산을 잘 탄다는 명성을 계속 이어갈 수가 있어서 자신감에 취하는 느낌마저 든다.

통상적으로 '산'과 '부장님'을 엮어서 떠올리는데 사실 나는 '부장님의 자세'로 그 누구에게도 산에 가는 것을 강요한 적은 단 한 번도 없다. 어느순간부터 사람들에게 산 하면 내가 떠오르게끔 인식이 된 것뿐이다. 나는 언제든 가고 싶은 사람들에게 함께 할 수 있는 기회를 열어 둔다. 덕분에 나와 산에 가고 싶어 하는 회사 사람들이 생겼고, 그들과 더러는 야간 등산도, 주말 원거리 산행도 함께 했다.

회사 사람과 동행하면 좋은 점 하나는 분명하다. 그나마 계속 산을 탄 내가 꼴찌에서 벗어날 수 있다는 것.

의지 부스터 '소거기 국밥'

'소 거기' 언니는, 닉네임이 '소거기 국밥'이다. 잘 모르지만 언니네 집이 국밥집을 운영한다고 했다. 말 그대로 진짜 '소 거기'를 넣고 끓인 국밥인지, 아니면 그냥 일반적인 소머리 국밥인지는 모르겠다. 진짜 국밥집을 운영하지 않을 수도 있지만 사실 그건 중요하지 않다.

언니와는 치악산 산행 이후 함께 운동을 하다보니 더 친해졌다. 언니의 집 근처인 청라 호수 공원에서는 삼삼오오 모여 다 같이 달리기를 한다. 매주 월요일은 '청라 호수 공원 달리기 하는 날'이다. 퇴근하고 특별히 신체와 정신에 무리가 없는 날이라면 하루를 마무리하기 위해 청라 호수 공원에 간다. 코스는 그렇게 길지 않은 5km 미만의 코스이다. 멀리 사는 종근당도 최근에 함께 합류하고 있다.

청라 호수 공원에 달리기를 하러 갔을 때 깜빡하고 갈아

입을 옷을 안 가져가면 친절하게도 본인이 아끼는 미키 그림이 있는 바지를 흔쾌히 빌려준다. MBTI(성격 테스트)도 나와 같은 ENTJ 유형이라서 잘 맞는 부분이 편하다. 놀려도 삐치거나 마음에 묵혀 두는 경우가 없어 신나게 놀리고 아무 소리를 지껄여도 뒤탈이 없다.

언니가 종종 하는 대표적인 말로는 '무야호' '아.시.겠.어.요?'가 있다. 본인의 의견이 관철되지 않으면 '아시겠냐'며 본인의 의사를 다른 사람에게 다시 한번 강조한다. 다소 공격적으로 보이지만, 위협적이라고 느끼는 사람은 단 한 명도 없다. 언니가 하는 '아시겠어요?'하는 말이 장난이고 실제로는 위협적이지 않은 사람이라는 것을 모두가 알기 때문이다. 그녀에게 '아시겠냐'라는 물음 이후에 상대방의 피드백은 애초부터 중요하지 않다. 그냥 본인이 얘기하고 싶어서 얘기한 것이지 모른다고 해도 신경 쓰지 않는다.

다만 우리 모임에 들어왔는데 등산에 오지 않거나 혹은 등산에 오겠다고 약속을 했는데 지키지 않으면 이야기는 달라진다. 왜 등산 모임에 왔는데 산에 오지 않는지 이해할 수 없다며 고개를 절레절레 흔들며 일침을 가하기도 한다. 계속해서 안 나오는 사람들을 몰아붙이고 핀잔을 주는 다소 공격적인 모습이 아주 마음에 든다. 내가 할 일을 대신해주기 때문이다.

언니가 맨날 소리치는 '무야호'라는 구호는 '무한도전'에서 나온 단어라고 하는데 사실 그게 무슨 뜻인지는 잘 모르겠다. 뭔가 재미있고 힘찬 구호임은 분명하다. 큰 산이나 계양산이나 달리기를 할 때 소거기 국밥 언니와 함께하면 항상 들을 수 있는 단어가 그놈의 '무야호'이다. 분명 등산 직전까지는 나를 포함한 다른 느린 사람들을 기다려 주겠다고 얘기했는데 언니는 어느새 저 멀리 앞으로 가 있다. 뒤꽁무니조차 보이지 않는다. 그러다가 가끔 언니가 멀리 저 앞에서 외친다.

"무야호!"

(애들아 잘 기다리고 따라오고 있는 거니?)라는 뜻이 담겨있다.

한 5분 정도가 지나서, 또 한 번 밝고 명쾌한 목소리로 외친다.

"무야호!"

(애들아, 잘 따라와야 해! 모두의 스케줄이 지장이 생기지 않도록! 나는 너희를 온전히 기다려 주진 않겠지만 모두 힘내야 한다! 여전히 잘 오고 있지?)라는 뜻이 담겨있다. 의미가 그러하다는 사실을 뒤처진 우리 모두는 짐작하고 있다. 언니의 목소리는 음성지원마저 되는 것 같다. 그 의미를

이해하고 잘 따라가고 있으며 우리는 살아있다는 표현을 하기 위해 언니가 있는 쪽을 향해 '무야호'라고 소리치면 또다시 메아리가 되어 그 단어가 되돌아온다.

종종 산에서 체력과 의지가 약해질 때에는 자동차 키를 언니에게 맡긴다. 그러면 예상하고 있던 상황이 발생한다. 그녀는 나보다 체력적으로 건강하기 때문에 훨씬 앞에 가서 또 그놈의 '무야호'를 외쳐 댄다. 가끔은 나도 산을 타는 중간에 정상을 포기하고 힘든 하루를 핑계로 집에 가고 싶은 마음이 든다. 하지만 이미 내 '자동차 키'를 언니에게 맡겼기 때문에 감히 마음대로 도망가 버릴 수가 없다.

헥헥거리며 언니에게 '언니 같이 가, 차 키 내놔'를 힘겨운 목소리로 용기를 내서 여러 번 외쳐보지만 호락호락하게 따라 잡힐 그녀가 아니다. 등산 속도가 매우 빠르기 때문이다. 날다람쥐가 따로 없다.

따라잡으려고 노력하다가 체력이 떨어지면 나는 속도가 더 느려진다. 내가 언니에게서 멀어질수록 언니의 장난은 더 고약해진다.

"자꾸 늦게 오면 밤비 똥꼬에다가 차 키 넣어버린다!"라며 숲 속 친구들 모임장인 밤비와 나를 놀려댄다. 나름대로의 위협을 한답시고 남의 엉덩이에 내 차 키를 넣겠다는 것이다. 자동차 키에서 냄새가 날 것이 두려운 나는 조금 힘을 내보고 속력을 내본다. 하지만 회사에서 먹은 간식들로 무거워진 몸인지라 힘을 내지 못하는 경우가 다반사다. 꾸역꾸역 정상을 찍고 내려와야만 자동차 키를 온전히 돌려받을 수 있다는 것을 알기에 결국엔 또 정상을 찍는다.

몸이 힘들고 꼭대기에 못 갈 것 같은 또 다른 어느 날, 다시 언니에게 '자동차 키'를 맡기는 나 자신을 발견한다. 자동차 키를 언니에게 주고 언니는 다시 그날의 의지 부스터 역할을 한다. 신체에겐 가혹한 일이다. 가끔은 그 가혹한 것이 자동차 키로 나를 협박하는 언니인지 아니면 그것을 알고도 자동차 키를 다시 맡기는 나 자신인지 혼란스럽다.

밤비와 숲 속 친구들

내가 부 모임장으로 있는 '숲 속 친구들' 모임은 사람들이 가식 없이 있는 그대로의 모습을 보여주는 모임이다. 그렇다고 해서 '다람쥐 원정대'가 가식적인 모임이라는 얘기는 아니다. 그러나 정말 필터를 거치지 않고 19금 드립을 해도, 목적이 애인 사귀기인 사람도, 은둔형 외톨이도, 직업의 고하와 상관없이, 남녀노소 누구나 함께 할 수 있는 모임이라는 점은 분명하다.

밤비 모임장은 직장을 그만두고 자동차 부품 관련 사업을 해서 열심히 살아가고 있는 멀쩡한 30대 청년이다. 하지만 모임에서는 본인의 얼굴을 이상한 개구리 얼굴과 합성하거나 얼굴에 수염을 붙이는 등 다소 황당한 행동들을 한다. 그런 행동들이 불쾌하다면 그 사람은 그냥 모임을 나가면 된다. 선비라는 단어는 '숲 속 친구들' 모임과는 어울리지 않는다. 우리 모임엔 황당한 합성 사진이나 다소 공격적인 말투를 쓰는 사람들이 많아서 처음 모임에 들어오면 적응하지 못하는 사람들이 많다. 새로 오는 사람들은 모임에서 이상함을 감지하고 얼마 지나지 않아 나가게 되거나, 혹은 적응하여 장기간 '숲 속 친구들'의 멤버로 남게 된다.

재미있는 것은 밤비가 다양성을 존중한다고 말하는데 실제로 그렇다는 것이다. 어떤 사람이 장난 반 진담 반으로 이야기한다

"전 여자가 좋아요, 여자를 꼬시고 싶어요."

극단적으로 누군가 그렇게 얘기했다면 다람쥐 원정대를 포함한 등산모임에서는 얘기한다.

'저희 모임과는 맞지 않네요, 다른 모임에 가시는 게 좋겠어요.' 혹은 강제 퇴출.

하지만 숲 속 친구들의 밤비는 대답한다.

"여기서 여자를 꼬시면 제가 제주도 상품권을 드립니다. 나가지 마세요."

그러면 그 사람은 용기를 얻어 장난 삼아 '네 제가 열심히 해보겠습니다'라고 하는 경우도 있고, 당황해서 모임을 탈퇴하기도 한다.

사람들은 한두 번의 대화로만 첫인상을 인식하게 되는데 몇 번 정도 함께 산행을 하고 나면 그가 그냥 헛소리만 지껄

이는 이상한 사람이 아님을 알 수 있다.

"야 왜 이렇게 너 성대에 살이 쪘어? 목소리가 그게 뭐야?" 혹은 "야 왜 이렇게 살이 쪘어? 배 내밀지 마. 왜 배를 까고 다니니?"라고 조금은 살이 찐 나나 다른 사람들을 비하하며 놀림거리로 삼기도 하지만, 자존감 높은 대부분의 숲 속 친구들에겐 그것은 크게 문제가 되지 않는다. 이런 분위기는 다람쥐 모임과 상반되는 것들이다.

실제로 단체 활동을 하면 그의 행동은 정상 범주로 돌아온다. 계획을 사람들에게 공유하고 적정한 숙소나 산행 루트, 인원 체크를 하고 꼼꼼하게 리마인더를 보낸다. 여행을 갈 때에는 사람들이 미처 준비하지 못한 것들을 챙긴다. 여분의 마실 물, 겨울철 손 난로, 바비큐 파티의 장작이나 불꽃놀이, 사람들과 나누어 먹을 간식 등. 누군가 명령을 한 것도, 돈을 보조해 주는 것도 아닌데 자발적으로 그는 사람들을 생각하고 배려한다.

의외로 속도가 느린 사람을 기다려주는 미덕도 있다. 등반 속도에 따라 두 팀으로 나누는 방법을 찾을 수도 있고, 꼭대기나 하산의 마지막 지점과 같이 어떤 종료 시점을 기준으로 두고 기다려 주기도 한다.

나는 나와 너무 '결이 다르다'라고 느껴지면 색안경을 끼고 거리를 두는 경향이 있다. 나이가 들며 경험이 쌓일수록 더욱 생각의 틀이 완고해짐을 느낀다. 내가 모임에서 맞지 않는 사람들은 강제 퇴출시키는 것처럼 마음에는 벽을 쌓는 회피의 마음이 구석 한 부분에 자리하고 있다. 인생의 한정적인 시간과 비용을 내가 좋아하는, 혹은 미래에 좋아할 것 같은 사람에게 쏟고 싶은 마음 때문일 것이다.

그렇지만 밤비는 나와 달리 모든 사람을 포용하고 함께 하는 것이 좋은가 보다. 속마음을 깊게 들어 볼 대화를 나누어 보진 않았지만 밤비는 그런 사람임이 분명하다.

내가 너 좋아하면 안 되냐

사장님과 알게 된 것은 얼마 전의 일이었다. 춘천의 어느 산의 정상에서 누군가에게 사진을 부탁했고, 감사하다는 인사와 함께 사과를 건네며 말을 트게 되었다.

산행 대장이라고 자랑하는 나에게 본인께서도 큰 산악회의 회장이라고 조곤조곤 말씀하셨다. 과장이나 허풍 없어 보이는 진중한 말투에 위엄마저 느껴졌다. 그러나 나는 차 때문에(원점 회귀를 위해) 돌아가야 했다. 가벼운 만남을 뒤로하고 작별 인사를 드렸다. "사장님 반가웠습니다. 안녕히 가세요." 그러자 사장님은 아쉬워하며 반대편 전망이 더 좋다며 원점 회귀할 수 있도록 차를 태워 주겠다고 하셨다. 호의로 말씀하신 것이겠지만 그 순간 내 머릿속은 온갖 나쁜 생각들로 가득 차올랐다. 평소에 세상의 온갖 특이한 사람들이 나오는 '궁금한 이야기'와 '그것이 알고 싶다'와 같은 프로를 즐겨 보는 탓일까? 갑자기 영화 '악마를 보았다'의 한 장면이 떠올랐다.

'내가 너 좋아하며 안 되나'라고 배우 최민식이 얘기하며 고등학생을 강간한다. 후…… 생각만 해도 버겁다. 실제로 그런 일이 일어날 가능성은 없다고 되뇌면서도 그 장면이 자꾸 떠오른다. 과연 이 분과 함께 내려가도 될까? 불안함이 밀려왔다. 그런데 나의 추잡하지만 합리적인 의심이 그분에게 읽힌 걸까? 사장님은 잠시 멈칫하시더니 주섬주섬 공무원증을 꺼내셨다.

"여기, 이곳. 난 여기서 일해요."

'국방부'라고 크게 쓰여 있는 명찰이 인상적이었다. 아마도 국방부의 느낌처럼 바르고 정직하게 살아오신 듯? 명함을 보자 조금은 안심이 되었다. 그러나 보여준 사람 역시 그것을 노린 듯하다는 생각이 든다. 그러니깐 내려가면서 대화를 좀 더 해보다가 정 이상한 낌새가 있다면 다시 걸어서 돌아오겠다고 마음 먹었다. 그래도 명함까지 보여주었으니 함께 가보기로 했다.

산행 내내 좋은 산에 대해 이야기를 들었다. 특히 '육백마지기'가 있는 강원도의 '청옥산'의 소개는 인상적이었다. "넓게 쫘아악 하고 평지가 있는 곳인데, 내가 가 봤던 곳 중에 가장 좋아요." 덕분에 지루하지 않게 산행을 했다. 사장님은 다음에 다른 모임 사람들과 함께 오면 가이드를 해 주시겠다고 했고, 그렇게 우리는 하산길에 접어들었다.

하산한 곳에는 맛집으로 보이는 유명한 순두부 집이 있었다. 마침 점심을 먹어야 하는데 함께 먹기는 좀 애매할 것 같다. 아빠도 아닌 중년 아저씨와 단둘이 밥을 먹게 되면 사람들이 이상하게 생각할 수 있지 않을까. 분명히 그렇게 생각할 것이다. 먹어 보고 싶다는 의견과 그냥 가자는 의견이 마음속에서 대립한다. 그러나 분명한건 나중에 혼자 여기까지 다시 오기에는 애매하다는 점이다. 그냥 슬쩍 생각 나는 대로 얘기했다.

"오우~ 여기 맛집인가 봐요. 맛있겠어요."

맛있겠다는 내 말이 끝나기 무섭게 사장님이 점심 식사를 제안한다. 그런데 또다시 이상한 생각들이 떠오른다. '내가 너 좋아하면 안 되냐'의 대사와 함께……. 아무래도 영화를 너무 많이 봤나 보다. '차도 태워 주시는 데 내가 비용을 내면 되겠지? 아니면 밥을 사 주시려나? 그러면 너무 부담스러운데. 괜히 밥을 얻어먹었다가 이상한 짓의 빌미를 잡히는 것은 아니겠지?'라고 머리를 굴리고 있었는데, 어느새 나는 신발을 벗고 식당에서 수저를 세팅하고 있었다. 어색하고 의심스러운 눈알을 굴리는 와중에도 순두부는 맛있었다. 역시 와서 먹길 잘했다는 생각이 들 정도로. 시간이 어떻게 흘렀는지 모르겠다. 이제 밥을 다 먹고 일어서야 할 타이밍. 어느새 사장님이 계산을 했다. 그리고 차로 나를 바래다주시는 도중에 아들과 통화를 하신다. 평소에도 저렇게 아들과 통화를 하시는지, 사장님은 꽤나 다정해 보였다.

"아들, 아빠 지금 집에 갈 거야 걱정 마~"

그 순간 사장님이 평소에는 아들과 통화를 자주 안 할 수도 있겠다는 생각이 든다. 내가 괜한 의심이나 걱정을 할 것을 우려해 그냥 아들과 통화했을 수도 있겠단 생각이 들었다. 물론 내 기분 탓이겠지만……. 사장님은 주차장에 거의 다 와서야 전화를 끊으셨다. 주차장은 5km 정도 거리였는데 대중교통으로 갈 수 있는 방법은 없었다. 주차장에는 자그마한 내 차가 기다리고 있었다. 그제서야 마음이 놓였다. 사실은 그냥 마냥 감사한 좋은 분이었는데, 나쁜 생각을 괜히 했던걸까? 어쨌든 감사의 인사를 전했다.

드디어 집에 무사히 도착. 그런데 괜스레 죄책감이 밀려온다. 명함도 주시고 공무원증까지 보여주셨으며 아들과 전화 통화를 하는 장면을 목격 했는데도 계속 의심을 품었던 스스로에 대한 가책이었다.

얼마간을 고민하다 주신 명함을 손으로 꼬깃거리며 핸드폰 타자를 분주하게 누른다. '커피와 케이크 세트 기프티콘'. 그것으로 조금은 마음의 무거움을 덜어냈다.

치즈 인 더 트랩

"안녕하세요 복이 많다는 이야기 들어 보셨나요?"

산에서 막 내려왔는데 '도를 아시나요'로 추정되는 여자가 다가와 말을 건다. 항상 같은 레퍼토리다.

"혹시 최근에 물 꿈을 꾸신 적이 있나요?"

나의 무심한 눈빛에도 얘기를 계속하는 이 사람. 상당히 끈질기다.

"자세한 얘기는…… 음료수 한 잔 베풀어 주시면 드려도 될까요?"

저들이 원하는 건 식사나 돈이다. 뭐 음료수 한 잔쯤 사실 얼마든지 사 줄 수 있기는 하다. 하지만 뭔가 내가 원하는 가치를 제공받는다는 전제하에만 그러하다. 계양산을 한번 가볍게 오르내렸는데 마침 운동이 덜 된 것 같다. 몇 번 정도는 더 오르내릴 수 있을 것 같아 제안을 해본다.

"좋아요. 음료수를 베풀어 드릴 테니 일단 저기 저 보이는 계양산 저랑 두 번만 같이 타요."

'도를 아십니까'는 당황하며 눈이 땡그래져서 나를 쳐다본다. 하지만 난 진심이다.

주저하는 그분에게 재촉한다.

"왜요, 빨리 가요. 지금 막 스틱 넣으려고 했는데 잘 됐네! 같이 올라가요! 어서요! 음료수 안 마시고 싶으세요? 고고고!"

'도를 아십니까' 여자 분이 뒷걸음질 치고 다른 곳으로 자리를 옮긴다. 같이 산 타면 음료수 말고 디저트도 사줄 의향이 있었는데. 아쉽다.

2부

그
마
음
에
는

별
이

있
다

함께해야 즐겁지

관악산으로 가는 2호선. 기다란 스틱을 꽂은 길쭉한 배낭을 멘 사람들이 자리를 차지하며 다른 사람들과 부대낀다. 큰 배낭을 바닥에 내리지도 않고 왔다 갔다 하면 사람들이 붐비는 곳에서는 누구나 인상을 찌푸릴 법하다. 거기다 막걸리나 소주와 같은 술까지 곁들여 냄새라도 풍기는 경우는 '으악!' 최악이다. 산을 제대로 타기 전까지는 그 모습을 보면 그냥 기분이 나빠 친구들과 이야기를 나누기도 했다.

"저 아저씨들은 한국 산을 가면서 무슨 에베레스트를 가는 것도 아니고 웬 저 난리래."

우리나라의 작은 산들을 타면서 왜 굳이 저런 배낭이 필요한지 이해가 가지 않아 인상을 찌푸렸다. 한편으로는 '저 가방에 뭐가 들어가 있길래 저렇게 커야할까?'라는 의문점이 있었다. 하지만 지금은 저 배낭 안에 뭐가 들어 있을지 왜 저 가방을 샀을지에 대해 짐작할 수 있다.

여름에는 물이나 가벼운 간식이 들어가 있다. 그래서 사이즈가 15~23L의 배낭이 많다.

겨울에는 따뜻하게 몸을 데워줄 것들과 아이젠 등이 들어있다. 그래서 더 무겁고 크다.

사람마다 다르겠지만 혼자서 즐긴다면, 6시간의 산행에 물 한 병과 에너지 바 하나 정도면 충분하다. 하지만 다른 사람들과 함께하는 즐거움을 생각하면 46L의 큰 배낭도 부족하다. 처음 산행은 가벼운 물을 들고 가는 것에서부터 시작한다. 그러다가 무엇인가 나누어 주는 사람들을 만나고 나도 함께 그 나누는 즐거움에 동조하고 싶어진다. 그러다 취미가 붙으면 날씨가 좋을 때뿐 아니라 날씨가 좋지 않아도 산에 가고 싶다.

계양산 산행에 나는 항상 물을 들고 다녔다. 하지만 어느 날 어떤 분이 사과를 쪼개서 나누어 주셨다. 그때 나는 생각했다.

'저 사람은 아침 산행 때 사과를 가져오는구나, 무엇인가 나누어 먹는 것은 참 좋은 일이다. 다음 산행에서는 나도 초코바라도 가져와야지.'

이렇게 사과를 얻어먹은 나는, 그다음 산행에 무엇인가 가져가기 위해서 작은 배낭을 구매했다. 더 많은 사람들과 그 즐거움을 함께 하기 위해 초코바도 샀다. 그렇게 먹을 것을 조금씩 넣더보니 가방의 크기도 점점 커져갔다.

어느 겨울엔 누군가가 꼬리곰탕을 끓여 왔다. 따끈한 보온병에 담겨서 산꼭대기에서 먹는 꼬리곰탕은 다른 곳에서 먹는 것과는 다른 특별한 맛과 느낌이 있었다. 그것은 최상위 포식자로서 세상을 바라보며 신선놀음하는 즐거움이었다. 그러면서 산에서도 준비만 잘하면 김밥이나 과일뿐만 아니라 심지어 연어나 딸기 빙수, 어묵탕까지 먹을 수 있다는 것을 알게 되었다.

조금씩 그렇게 직접적인 산행용이 아닌 부수적인 장비들까지 더해갔다. 먹을 것을 준비하다보니 그 음식의 맛을 유지시켜 줄 보온병이나 아이스팩을 구매하게 되었다. 사람들과 함께 앉을 의자와 돗자리 뿐 아니라 겨울날 따뜻하게 몸을 피할 간이 비닐-셸터와 같은 장비도 구매했다. 모두 다른 사람들과 함께하는 즐거움이 더 커지기를 바라는 마음 때문이다.

오늘 아침 산행에선 어떤 언니가 가져온 젤리를 먹었는데 맛이 있었다. 그 비슷한 간식을 찾아 인터넷 쇼핑몰에서 기웃거리며 어느새 나는 구매 버튼을 누르고 있다. '다음 산행에서 나누어 주면 사람들이 좋아하겠지?'라는 생각을 하면서.

산행 도장 깨기

마라톤을 하는 경우 달리기 앱을 연동하여 거리와 속도, 본인이 달린 루트를 측정할 수 있다. 측정된 데이터 값으로 자신을 평가하고 목표치를 세우는 기쁨이 있다. 등산도 마찬가지로 본인이 지나간 거리와 속도를 측정할 수 있는 앱이 있다. 등산을 한 루트와, 소비한 칼로리, 속도 등을 확인할 수 있다. 가장 재미있는 점은 매 봉우리마다 가상의 배지를 받을 수 있다는 것이다.

등산을 시작할 때 대부분의 산쟁이들은 이런 앱을 켜고 시작한다. 등산 시작 버튼과 함께, 힘찬 목소리로 '등산을 시작합니다!'라고 하면 없던 기운도 솟아난다. 꼭대기에 다다르면 'xx산의 배지를 획득하였습니다!'라며 성취감을 맛보게 해준다. 종료 시점에서 내용을 확인하면, 얼마나 오랜 시간이 소요되었는지, 속도는 어땠는지, 칼로리는 얼마나 소비했는지를 알 수 있다. 혹여나 산을 타다가 길을 잃으면 제대로 된 길을 찾을 수 있게 돕기도 하고, 어느 누군가가 지나간 길을 따라가는 기능도 있어 활용도가 높다.

많은 데이터들이 쌓이면, 한 달에 몇 번 산행을 했는지, 어떤 산을 많이 갔는지, 전체 이동 거리는 얼만지를 확인하며 혼자서 성취감을 느낄 수 있다. 친구들과 공유하며 다이어트나 어떠한 목적의 지표가 되어 줄 수 있다. 내가 2019년에는 80번의 등산을, 2020년에는 93번의 등산을 했다는 사실을 알게 된 것도 앱을 활용했기에 가능한 일이었다. 주별, 월 별, 연 별로 얼마나 운동을 했는지를 보면서 자신을 채찍질하고 분발하면 건강 관리에도 도움이 된다.

사람들의 등산에 대한 성취욕을 가장 잘 활용한 마케팅이 블랙야크(BLACK YAK)의 백대 명산 프로젝트이다. 블랙야크의 100대 명산은 원래는 '블랙야크 100대 명산'이라는 수건을 신청하여 받게 하는 마케팅의 일종이었다. 산에서 수건과 함께 얼굴이 나오도록 인증샷을 찍어 올리면 10개 탔을 때, 20개 탔을 때, 30개, 50개, 그리고 최고 100개까지, 마치 상장을 받는 기분이 들게 하는 마케팅이다. 게다기 산을 탈수록 포인트가 쌓여서 보상을 받는 느낌이 들기도 한다. 그래서 많은 산쟁이들이 블랙야크의 프로그램을 통해 자신이 산쟁이임을 과시한다.

100개를 찍으려면, 한 주에 산을 하나씩 타더라도 꼬박 2년이 걸린다. 보통 사람들은 3년 정도의 목표 기간을 두고 100개의 산을 정복한다. 산은 한 곳에만 몰려 있는 것이 아니라 지방 곳곳에 있기 때문에, 이동하는 것도 고려하여 스케줄링을 해야 한다. 시간도 시간이지만 비용도 많이 든다. 완주하는 데 3천만 원이 넘게 든다는 이야기가 근거 없는 유언비어만은 아닐 것이다.

우리나라에는 생각보다 재미있는 프로그램들이 많다. 지금은 종료되어 할 수 없는 16 성문 프로그램도 있는데, 최근 한참 떠오르는 프로그램으로 여권을 활용한 '국립공원 스탬프 투어'가 있다. 국립공원의 탐방지원센터에서 무료인 여권을 받고 국립공원에서 도장을 받으면 소정의 선물과 배지를 준다.

이 프로그램은 '국립공원 투어'의 활성화가 목적이기 때문에 꼭 등산객이 아니더라도 국립공원에 방문하면 누구든지 쉽게 스탬프를 받을 수 있다. 스탬프들은 장소에 따라 색상이나 모양이 다르기 때문에 모으는 재미도 쏠쏠하다. 게다가 여권을 가지고 다닌다는 점 때문에 여행하는 기분이 더욱 잘 느껴진다.

개인적으로는 지리산의 곰 모양 스탬프를 찍었을 때, 그 캐릭터 자체의 귀여움에 반하고 지리산의 위엄에 뿌듯해졌다. 그 외에도 산에서의 본인 혹은 남들이 놓고 간 쓰레기들을 가지고 가면 받을 수 있는 '깃대종' 배지, 한양 도성길 스탬프 투어, 한라산 인증, 백두대간 인증, 영남 알프스 인증 외에도 잘 알려지지 않은 재미있는 인증 코스들이 많다.

어떤 행동이든 목표의식이 있는 것과 없는 것에는 분명한 결과의 차이가 있다. 물론 등산을 한다는 것은 그저 취미이기 때문에 성과를 내야 하는 다른 활동들과는 다를 수 있다. 그러나 목표의식을 가지게 되면 성취하는 힘과 즐거움은 더 커진다.

16 성문 종주에서 눈물을 흘린 이유

16 성문을 모두 돌면 실물 배지를 받을 수 있다. 그것을 진즉 알았더라면 두 번이나 이 도전을 했을까 싶다. 그 프로그램은 북한산에 있는 16개의 성문을 찾아 각각의 성문에서 사진을 찍어 국립공원 관리공단 탐방지원 센터에 보여주면 '북한 산성'이라고 쓰여 있는 흰색의 멋지고 예쁜 배지를 받을 수 있는 프로그램이다. 안타깝지만 배지를 주는 프로그램은 2019년 12월 24일 자로 종료되었다.

2019년, 다람쥐 사람들과 함께 16 성문을 함께 하기로 한 것은 큰 도전이었다. 오전 8시 30분에 6명이 모여서 호기롭게 출발했다. 탐방지원센터가 오후 5시까지 운영하기 때문에 모든 산행을 이전에 마쳐야 하는 것이 중요했다. 선명하게 얼굴이 나온 사진을 성문 앞에서 촬영하여 가지고 있어야 한다는 것도 모두가 인지해야 했다.

첫 번째 성문에서는 웃으며 사진을 찍었다. 모두 밝은 모습이고 얼굴에 땀도 없고 깔끔했다.

두 번째, 세 번째 성문이 지나가자 점점 더 힘들어지고 속도가 늦어졌다.

세 번째 성문을 지나면서 잠시 쉬어 가기로 했다. 두 개의 성문을 돌 동안 물을 다 마신 봄 님이 나에게 물 한 모금을 달라고 했다. 물 두 병을 준비했는데 16개의 성문을 모두 돌려면 가지고 있는 물을 적절히 분배해가며 마셔야 했다. 하지만 물을 애원하는 그분을 뿌리칠 수 없어 기꺼이 한 모금을 내어 줬다. 하지만 그 한 모금은 진짜 한 모금이 아니었고 거의 반 통을 비우다시피 했다. 조금 마음이 쓰이긴 했지만 남은 시간 동안 잘 분배해서 먹기로 다짐했다.

네 번째, 다섯 번째, 성문에선 다들 신체의 온도가 올라가서 겉옷을 벗었다.

여섯 번째 성문부터 다들 말이 없어지기 시작한다.

아홉 번째 성문에 가는 도중, 여섯 명 중에 한 분이, 본인은 더 이상 못 가시겠다고 중도 포기를 선언하고 집에 가셨다. 아홉 번째 성문부터는 그분 없이 사진을 찍었다.

열세 번째와 열네 번째 성문에서 모두의 표정엔 웃음기가 사라졌다. 16시가 조금 지난 시간이었다. 오늘 배지를 받기 위해서는 제한된 시간인 17시에 맞춰야 했기 때문에 속도를 내야 했다.

열다섯 번째 성문에 도착하기 위해서 다 같이 부스터로 속도에 불을 붙였다. 그렇게 10여 분이 흐르니 다시 원래 속도로 돌아왔다. 점점 체력도 떨어졌다. 6월의 북한산은 봉우리나 성문마다 아름다운 비경이 있었고 꽃도 피어 있었지만, 풍경을 감상할 여유는 없었다. 배지를 목표로 한 다른 사람들에게 피해가 될까 봐 나도 힘들었지만 지체할 수 없었다. 다른 사람들은 어떨지 몰랐지만 나는 맨 뒤에서 그들의 속도를 맞추기에 바빴고 구경을 할 겨를도 없이 모든 정신과 체력을 속도에 집중해야 했다.

이제 저녁이 다가오고 있었다. 시계를 봤을 때에는 오후 4시 반이 넘었고 마지막 두 개의 성문인 15번째와 16번째 만이 남았다. 조금 더 속도를 올려보자며 서로를 격려했지만, 이미 바닥난 체력이 쉽게 회복되지 않았다. 무리에서도 내가 제일 뒤쳐졌다. 힘들었지만 모두와 함께 하나의 목표를 향해 가고 있었기 때문에 속도를 내야 한다는 강박감이 들었다. 나 때문에 배지를 받지 못하는 일이 생기면 어쩌나? 하는 걱정이었다. 최선을 다하곤 있지만 사람들이 너무 빨라서 나 혼자만 사람들 뒤꽁무니를 쫓아가는 형상이었다. 더 이상은 그 속도마저 맞출 수가 없었다. 결국, 그냥 나를 버리고 가라고 했다. 그러자 처음에는 머뭇거리던 사람들이 점점 멀어졌다. 멀어지는 사람들의 발걸음 소리가 들리지 않고 시야에서 점이 되었다. 언제부턴가 점이 되었던 사람들은 시야에서도 더 이상 보이지 않았다.

"탁…… 탁!"

고요한 산속에 나의 늘어진 스틱 소리 만이 산에 울려 퍼졌다. 육체적으로도 힘들고 계속 가야 하는 상황에 너무 슬펐지만 나는 가야 했다. 목이 말라 물을 마시려고 했는데, 14번째 성문에서 물을 다 마셔 버린 것이 생각났다. 목이 말라죽겠는데 물이 없으니 답답했다. 물론 물이 없어서 실제로 죽진 않겠지만 이대로 죽진 않을까 하는 걱정이 든 것도 사실이었다.

'물이 부족하면 이따가 내가 마셨던 만큼 줄게'라면서 누군가 마셔버린 그 몇 모금이 생각났다. 분명히 나에게 물이 부족하면 본인이 가지고 있던 물을 나누어 준다고 했는데 그렇게 얘기했던 그 사람은 보이지 않았다.

당장 물이 한 방울도 남지 않았다. 짧게는 30분 길게는 40분 정도 내려가면 하산이 끝나서 물을 사 마시거나 중간에 우리 팀을 다시 만나 물을 얻어먹을 수도 있을 것이다. 하지만 당장 물이 없는 상황에는 의도하지 않게 '기아 체험'을 간접적으로 하는 것 같은 불쾌함이 있었다. 그렇다고 지나가는 모르는 사람에게 물을 구걸할 정도는 아니어서 참아

보기로 했다.

목마름에 대해 혼자 생각을 하다가 주변을 돌아보니 하산하는 등산객이 단 한 명도 보이지 않았다. 그 순간 '내가 여기서 뭐 하는 거지'라는 생각이 들면서 갑자기 서글퍼졌다. 시간은 오후 4시 45분을 향하고 있었고, 이 속도로 가면 아무도 오늘 배지를 받을 수가 없다. 먼저 간 사람들은 받을 수 있을지도 모르겠다. 오늘 산행을 빠르게 마치지 못하는 것은 내가 원인인 것 같은 자책이 들었다. 혹시 내가 정말 원인이 되어 배지를 받지 못하면 너무 속상할 것 같았다. 슬픈 마음에 남자 친구에게 전화를 걸어본다.

"사람들이 나 빼고 다 가 버렸어. 지금 아무도 안 보이고 물도 없고 너무 서러워."

위로의 말을 듣고 싶어 칭얼거리며 이야기했고 그때의 남자 친구가 대답했다.

"우쭈쭈 불쌍해서 어떻게 해, 다 가 버렸어? 하하하. 재미있네."

그냥 내가 그렇게 슬퍼하는 상황이 남자 친구에게는 재미있어 보였는지는 모르겠지만 웃는게 너무 얄미웠다. 전화를 하지 말 걸 그랬다는 생각이 들었다. 당장 힘든 것에 대한 위로는 되지 않았고 조롱당한 것 같아서 기분이 나빴다. 그냥 귀여워서 그렇게 했을지도 모르겠지만 위로받지 못하는 나 자신이 너무나 불쌍했다. 대충 얼버무리고 전화를 끊었다. 전화를 끊고 자리에 주저앉아 생각을 정리했다.

나 때문에 다른 사람에게 피해를 줬다는 걱정과 죄책감. 모처럼 온 예쁜 북한산에서 시간 제약 때문에 마음껏 풍경을 즐기지 못한 오늘의 8시간. 사람들과 추억이 될 만한 사진을 많이 못 찍은 것. 새로운 사람들과 많은 대화를 할 시간이 없었던 것. 그리고 그것을 조롱하듯 비웃어버리는 나쁜 남자 친구. 물 한방 울 없이 아무도 없는 돌계단에 앉아 있어야 하는 상황.

눈물을 흘릴 이유는 이 여섯 가지로 충분했다. 갑자기 왈칵 눈물이 쏟아져 내리려고 하는 것을 한숨을 내쉬고 참아냈다. 스틱을 팽개친 한 손은 가슴에 갖다 대고 나 자신에게 괜찮다며 위로했다. 주체할 수 없는 슬픔이었지만 이대로 나 자신에 지기 싫었다. 오늘 다른 모든 것들을 포기하고 최대한 빠른 속도로 산행을 강행했던 것은 오롯이 배지 획득이라는 목적 때문이었다. 하지만 그마저도 오늘 받을 수 있을지 불확실했다. 물론 등산에 대한 증빙이 사라지는 것은 아니어서 나중에 탐방 지원센터에서 받을 수는 있었지만, 왠지 오늘 받고 싶은 마음이 컸다.

아무리 최대한 속도를 내도 이 정도밖에 안 되는 내 다리가 싫다. 나는 최선을 다했는데 지금 속도로는 도저히, 16

성문에 시간 내로 다다를 수 없을 것이다. 너무나 억울했다. 수능 시험 답안지를 시간 내에 제출하지 못해서 낙제를 받은 그런 기분이었다.

계속 눈물이 나려고 했지만 나이 30에 쉽게 눈물을 흘릴 수는 없다. 눈물이 눈에 가득 맺혀 떨어지려고 하는 것을 애써 삼켜냈다. 목마름을 침으로 달래며 눈물 또한 같이 삼키려고 노력했다. 내가 운다고 상황이 달라지지 않을 것임을 나는 너무나 잘 알고 있었다. 슬픔이나 억울함의 감정에 처음 보는 사람들 앞에서 눈물을 보이고 싶지 않았다.

한숨을 크게 쉬고 돌계단에서 일어나 다시 나아가기로 했다. 배지는 못 받더라도 어쨌든 집에 가기 위해서는 하산을 해야 했다. 스틱 소리를 내며 한 발 한 발 내디뎠다.

사람들이 10여 분간 코빼기도 보이지 않다가 갑자기 내려가는 걸음에 누군가가 나를 부르는 소리가 들렸다.

"선아야! 오고 있니? 선아야~"

누군가 내 이름을 부르고 있었다. '그 이름을 불러주었을 때, 그는 나에게로 와서 꽃이 되었다'라는 김춘수 시인의 꽃이라는 시의 한 구절이 떠오르며 나도 꽃이 된 것만 같은 기분이었다. 조금 전까지만 해도 국제 미아가 된 것 같은 패배주의와 우울함에 시달려 있었다. 나를 버리고 가 버린 사람들에 대한 분노와 원망도 많았다. 하지만 지금, 그 사람들이

다시 내 이름을 불러 주고 기다리고 있다는 것이 슬프면서도 반가웠다. 목소리가 점점 더 커져서 그들이 나와 점점 가까워지고 있는 것을 알 수 있었다. 다시 눈물이 났다. 참으려는 노력도 소용없었다. 하산하는 길 조금만 더 가면 15번째 성문인데 울면서 사진을 찍을 수는 없었다. 사람들이 시야에 들어왔을 때 강한 나의 의지와는 상관없이 반가움에 눈물이 터졌다.

"엉엉……"

"왜 울어?"

오늘 목표를 달성하지 못하는 설움과 그 때문에 희생해야 했던 것들과 오늘 하루가 머릿속에 스쳐 지나갔다. 하지만 그것을 일일이 설명하고 이해를 구하는 것은 의미가 없다는 생각에 더 서러워졌다. 감정이 폭발한 이 설움을 사람들은 이해하지 못했다. 눈물이 줄줄 흐르고 코가 빨개지고 눈이 팅팅 부었다. 사진을 찍는다는 누군가의 목소리에 울음을 멈추고자 마음을 가다듬었다. 그런데 어느새 카메라에는 15번째 성문에서 모두 웃고 있는 가운데 나 혼자만 우는 모습이 찍혀 있었다.

장비를 구매하는 기준

트래킹화를 신고도 도봉산이나 북한산 정도는 무난했다. 그러나 6시간 이상의 산을 타다 보니 역시 트래킹화로는 발에 무리가 가는 것이 느껴졌다. 곧 등산화를 사야 할 때라고 느낌이 오던 어느 날 신발을 사기 위해 연차를 냈다. 등산화는 20만 원이 넘는 거금이었지만 하나도 아깝지 않았다. 등산화를 사는 순간 내 생애 첫 스마트폰이었던 아이폰을 손에 쥔 때와 동일한 수준의 기쁨을 느꼈다. 비용을 쓰긴 했지만 비용보다 훨씬 큰 가치와 기쁨을 얻었다. 새로 산 신발을 신고 한라산도 가고 설악산도 가게 될, 가까운 미래의 내 멋진 모습에 가슴이 벅차올랐다. 일년 중 가장 기분 좋은 날이었다.

등산화를 시작으로 스틱이나 배낭과 같은 다른 장비에도 관심이 갔다. 장비를 차례로 착용한 내 모습을 상상했다. 다양한 사람들의 조언을 들었지만 각자의 기준에 따른 조언들이 마음에 와닿지는 않았다. 아이템을 고르는 기준이 디자인, 내구성, 브랜드 등 다양했다. 아이템 구매를 할 때 우선순위를 정해야 했는데 많은 사람들과 산에 다니면서 중요한 것이 생겼다.

30명이 넘는 인원이 단체로 방태산에 갔었다. 그날 나는 가장 늦게 도착했고 사람들이 버스에서 내가 올 때까지 오 분 정도를 기다렸다. 오 분이면 그렇게 많이 늦은 것도 아니고 기다릴 법하다고 생각할 수도 있었지만 스스로에겐 용서가 되지 않았다. 30명의 소중한 시간이 나 때문에 허비된 것 같은 기분 때문이었다. 산행하는 속도 자체도 느렸지만 가지고 있던 장비에 대한 미숙함이 원인이었다. 처음 사용하는 등산 스틱을 접었다 폈다 하는 것이 불편했고 등산화 끈도 자꾸 풀려 지체되는 것이 문제였다. 중간에 물을 꺼내고 마실 때 지퍼를 열고 닫고 다시 재정비하는 것도 시간이 걸렸다.

그날의 죄책감 덕분에 등산 용품 구매에 대한 우선순위가 정해졌다. 산을 오르내리는 속도는 내가 최선을 다한다고 해도 한계가 있다. 그렇다면 좋은 방법이 없을까? 문득 통제 불가능한 속도를 올리려고 하기보다는 통제가능한 장비를 재정비하는 시간을 줄여 볼 수 있겠다는 생각이 들었다. 그래서 지금은 장비를 고를 때 누군가에게 피해를 주지 않을 정도로 편리하게 사용할 만한 것이어야 한다는 것을 첫 번째 우선순위로 둔다. 편하고 미끄러워지지 않는 신발을 신어야 속도가 뒤쳐지지 않고 넘어지지 않아 다른 사람에게 피해를 줄 일도 없어진다. 스틱은 펼치는 형태가 다양한데 역시 재정비에 시간이 덜 걸리는 형태를 선호하게 되었다. 가방도 물이나 간식을 넣고 빼고 제자리에 돌릴 때 편한 것으로 선택하게 되었다. 내 시간이 소중하니 다른 사람들의 시간도 소중하다.

둘기의 날개옷

설악산 대청봉에 갔을 때 입었던 호피 저지는 내가 좋아하는 겨울 등산 복장이다. 레오파드의 화려한 장식이 나를 용맹스러운 호랑이처럼 보이게 한다. 대청에 오를 때 호랑이 복장은 나에게 자신감을 불어넣어 줬다. 용맹한 동물의 살가죽 느낌이 온몸을 휘감아 동물의 왕이 된 것 같은 느낌의 포인트를 주었다. 호랑이 패턴의 옷을 입음으로써 동물들이 조금은 경각심을 가지고 나를 대할 것이란 기대도 있었다. 가끔 지나가는 새가 변을 머리에 뿌리고 가거나 머리를 쪼고 가는 불운한 일이 있어서 더 그랬다. 다리는 풀리고 힘들었지만 풀 죽은 호랑이가 될 수는 없었다. 나는 끝까지 지친 내색을 하지 않도록 노력했고 덕분에 대청을 무사히 오르내렸다.

저지를 입은 내가 남자친구와 함께 있으면 호랑이와 사

슴 같다는 생각이 든다. 느리지만 호랑이처럼 용맹한 나와 사슴처럼 온순하면서 사슴 고기처럼 맛있는 매력이 있는 남자 친구. 호랑이 복장을 하고 나는 뒤뚱 걸어가는데 사슴같은 외모의 남자 친구는 오히려 성큼성큼 걷는다. 그리고 우리는 호랑이처럼 용맹한 모습으로 정상석에서 사진을 찍었다. 옷은 날개였다.

최근에는 산이나 레저로 유명해지는 유튜버나 인스타 그래머들도 많은 것은 장비에 대한 기준이 꼭 효용에만 있지 않다는 것을 반증한다. 산을 타는 데 가슴골이 훤히 드러나 보이는 복장으로 남성 팔로워들에게 노골적으로 홍보하기도 하고 자신만의 개성 있는 복장을 뽐내면서 다양한 문화를 만들고 있다.

사실 나도 호피 무늬 옷을 의도적으로 사 입은 것은 아니었다. 이모에게서 선물 받았던 그 옷을 추워서 어느 날인가 입었는데 그것이 독특해 보였는지 친구들이 놀린 것이 계기였다. 그 옷을 입으니 친구들이 재미있어하고 대화의 소재가 되었다. 그렇게 시간이 지나다 보니 그 옷만 입으면 왠지 모르게 자신감이 솟는 기분이었다.

평일에는 가장 막힐 퇴근 시간 나는 계양산으로 향한다. 어느 평범한 날. 산행을 하는 데 옷을 깜빡하고 가져오지 않았다. 비교적 집이 가까운 한 사람이 옷을 빌려주겠다고 했다. 등산모임의 정예 멤버인 소거기 언니가 함께였다면 미키 바지와 티셔츠를 빌려주었을 텐데 오늘은 언니가 오지 않았다. 그래서 남자 멤버들이 군복을 가져오겠다고 했는데 처음엔 농담이려니 하고 믿지 않았다

주차장에 도착해서 사람들을 기다렸다. 환하게 이를 드러내 보이며 옷을 주섬주섬 꺼냈다. 정말 군복이었다. 거짓말을 조금 보태 2m 가까운 건장한 남자의 옷이었다. 그것도 미군 장병들이 입었던 옷이라며 빌려준 사람은 자부심을 내보였다. 카투사 출신인 그 오빠는 흡족한 듯 아빠 미소를 지었다. 다른 남자들은 위장을 하기 위한 개구리 군복이라며 그 옷의 이름은 개구리라고 했다. 은폐에 용이하고 변장을 잘하기 위한 옛날 군복이라고 설명도 해 주었는데 군대에 가보지도 않은 나에겐 큰 관심사는 아니었다. 산은 타야 하고 옷은 없고. 그것뿐이다. 재미 삼아 입어 보기로 했는데 꿉꿉한 냄새가 났다. 어차피 오늘 한 번이었다. 옷이 길기도 했고 크기도 해서 벨트로 조여 매니 앞부분이 남성의 그것처럼 튀어나왔다. 같이 가던 등산 멤버들은 완벽한 육군 병장의 모습이라 하며 좋아했다. 등산을 하기엔 군복은 무거웠다. 질질 끌리는 밑단에 속도도 느려지고 통풍도 잘 안되니 답답하고 짜증이 났다. 그래도 괜찮다. 처음으로 군복을 입어 봤다는 사실과 사람들이 즐거워하는 모습에 만족하며

잠시의 불편함은 감내할 수 있다.

"둘기야 다음에는 내 군복도 입어봐! 다른 것들도 한번 입어봐라!"

우리의 저녁이 즐거웠다면 그걸로 충분하다.

다음에는 내 군복도 입어봐!

으응...! (모두가 즐겁다면 나도 즐겁다...)

등산도 신토불이

벌써 출장을 온 지 2주나 지났는데 회사 업무에 집중하느라 휴식을 취할 기회가 없었다. 어느 정도 업무의 윤곽이 잡힌 이제야 조금 숨을 돌릴 정도가 되었다. 출장지는 멕시코의 케레타로라는 지역인데 출장 오기 전부터 구글링으로 주변에 혹시 산이 있나 검색을 했었다. 안전할 법한 곳으로 물색해 보니 조금은 만만해 보이는 페냐 델 베르날(Pena de Bernal)이라는 멋진 바위산이 눈에 띄었다. 누가 봐도 관광지였고 버스터미널에서 바로 한방에 가는 버스가 있어 목적지로 제격이었다. 묵고 있는 숙소에서 택시를 타거나 호텔사람들의 도움을 받아 터미널까지 가서 버스를 타고 한 시간 정도 가면 된다.

교통편은 정해졌고 복장도 문제가 없지만 등산화가 문제였다. 구글에서 사진을 다시 찾아보니 아무래도 등산화가 꼭 필요해 보인다. 또 생각해 보니 가지고 갈 마땅한 배낭도 없다.

근처 아울렛에서 적당해 보이는 신발을 구매했다. 밑창이 부드러워 발목도 자유롭고 착용감도 매우 좋았다. 외관만 보면 딱 봐도 우리나라에서 산 것 같지 않은 멕시코 브랜드의 조금은 예쁜 신발이었기에 그 신발을 구매했다. 한국에 돌아가서 친구들에게 자랑을 할 것도 고려한 선택이었다. 토요일 산행 준비가 얼추 마무리된 것에 뿌듯했고 설렘은 더 커졌다.

당일 아침이 일찍 차를 태워 주기로 한 호텔 직원 뻬드로가 오늘 약속을 기억하고 있다며 미소를 지었다. 택시를 타면 140 페소(약 7천 원) 정도면 풍족하게 갈 수 있었지만, 범죄 없이 믿을 만한 택시를 타는 것이 조금은 귀찮았다. 미리 친한 척을 해 둔 것이 도움이 되었다. 목적지였던 터미널에 내리면서 미리 준비해 둔 홍삼 캔디를 그에게 건넸다. 어쩌면 팁과 같은 금전적인 부분을 더 원했을 수도 있지만 이번 산행을 위해 인출해 둔 현금이 제한적이라 생략했다.

그곳에 간다는 세 곳의 버스 회사 중에 친절해 보이는 버스 회사에서 허겁지겁 예매했다. 바로 출발 시간이라 곧바로 버스 타는 곳으로 갔는데 이미 사람들로 가득하다. 신난다. 혹시 산에 가는 사람이 있는지 궁금해서 두리번거렸지만 다들 생활에 찌들어 보인다. 과일들을 머리에 인 할머니, 공사판 복장 사람들 등……. 그 중 드웨인 존슨(영화배우)을 닮은 사람에게 말도 걸고 사진도 같이 찍어본다.

중간에 내리는 정거장은 우리나라처럼 어디에 쓰여 있거나 누군가 알려주는 시스템이 없다. 버스 아저씨가 소리칠 때도 있고 사람들이 알고 그냥 내릴 때도 있다. 그래서 현지인이 아닌 나는 어디서 내릴지를 가늠하기가 어려웠다. 혹시나 길을 잃으면 다시 버스를 타는 것이 번거로울 것 같아 사람들에게 물어 사람들과 함께 내렸다.

부랴부랴 도착한 그곳은 사진으로 보는 것보다 훨씬 더 아름다웠고 맑은 날씨가 한몫 더 거들었다. 예쁜 색상의 건물들과 풍경 그리고 산이 잘 어우러져 너무 마음에 든다. 사진으로 봤을 때에는 돌산이고 웅장함은 없었는데 실제로 보니 도봉산 앞에 있는 느낌이었다. 울려 퍼지는 멕시코 음악에 예전에 멕시코에 왔던 순간들을 떠올리며 추억에 젖기도 했다. 2주 동안 고생한 보상을 조금은 받는 기분이다. 감성에 젖은 정신을 제자리로 돌리고 원래의 목표였던 산에 집중하기로 했다. 등산 코스가 어디 있는지 어떻게 가야 할지 몰라 먼저 봉우리가 보이는 곳으로 무작정 갔다.

산은 외길만이 있었고 입장료를 받았다. 혹시나 같은 한국 사람을 만나게 되면 반가운 마음이 들 것 같았는데 아쉽게도 그런 일은 일어나지 않는다. 첫 구간은 별로 높거나 험하지 않아서 쉽게 오를 수 있었지만 바위가 있어 조금은 미끄러웠다. 'Made in Mexico'의 등산화가 그 성능을 제대로 할지가 궁금했는데 성능이 영 아니었다. 접지력이 형편없어 실망스러웠다. 찍찍 미끄러진다. 역시 한국 등산화를 가져왔어야 했다. 계속해서 바위에서 미끄러지는 신발 탓에 몇 번이나 넘어질 뻔했다. 신발만 제대로 신었더라면 단숨에 산을 오를 수 있었을 텐데…… 괜스레 멕시코 브랜드의 신발 탓을 해본다.

중간에 절벽과 같은 위험 구간이 있었다. 우리나라의 경우에는 그 구간을 기술의 힘을 빌려 깎거나 구조물을 설치하는 방법으로 안전에 신경을 쓴다. 반면 멕시코의 산은 조금이라도 위험해 보이는 낭떠러지와 같은 구간이 있는 곳에는 안전 요원이 배치되어 등산객들이 위험하지 않도록 잡아주고 도움을 준다. 자연을 조금이라도 덜 훼손시키고 그대로를 보전하려는 노력인지 아니면 비용이나 기술적인 측면에서 아직 발달하지 않아서인지 모르지만……. 그래도 도와주는 손길이 썩 안전하단 느낌은 받지 못했다. 부들거리는 나를 잡아주는 손이 깨끗한 손이 아니었다. 더군다나 낯선 멕시칸과 불필요한 스킨십을 해야 되는 상황이 꼭 좋지만은 않았다. 그냥 우리나라처럼 구조물을 정돈하는 방향이 좋은 것 같다.

　꼭대기에서는 마을 전체가 눈에 들어왔다. 서울 근교의 산에선 높은 빌딩들이 많이 보이는데 이곳은 낮은 건물들 뿐이다. 잿빛 바위가 펼쳐진 사막과 같은 풍경은 이국적이다. 풍경은 예뻤지만 왠지 한국의 산에서 보는 조망이 그리워졌다.

　예전에는 계절이 바뀔 때마다 제철 음식들이 떠올랐다. 가을엔 전어, 겨울엔 귤, 봄에는 나물과 같은 것들 말이다. 해외에 오게 되면 제철 음식에 대한 그리움이 더 커진다. 등산을 취미로 갖고 나서는 그 계절의 산과 풍경이 눈에 밟힌다. 멕시코는 뜨거운 여름인데 한국의 초록색 산을 벌써 몇 주나 못 본 것을 떠올리니 갑자기 작은 한숨이 나왔다. 귀국하면 바로 계양산과 인사하러 갈 생각이다.

계양산만 160번

일 년에 적게는 20번에서 많게는 70번 정도 계양산에 오른다고 하면 누군가는 '또 거기냐'고 한다. '지겹지 않냐'고 물어본다. 일주일에 한 번에서 세 번. 누가 봐도 많다고 생각할 수 있는 정도다. 하지만 사람들이 헬스장에 가는 빈도를 생각하면 그렇게 많은 것도 아니다. 계양산까지 가는 기름값이나 헬스장에 지불하는 비용이나 같다. 적어도 나에게는 자연을 느낄 수 있는 계양산이 콘크리트 벽 안에 갇혀 있는 헬스장보다 낫다.

누군가는 자주 가면 지겹지 않은지를 묻는다. 하지만 하나도 지겹지 않다. 매일 같은 산을 가더라도 하루하루가 다르기 때문이다. 코스도 다양하게 선택해서 갈 수 있겠지만 그날의 습도나 온도, 미세먼지의 양에 따라 다르다. 또한 계절마다 만날 수 있는 벌레들도 다양하다. 가장 중요한 것은

'그날 누구와 함께 산행을 하는지'이다. 인간의 행위는 항상 누가 함께하느냐가 가장 중요하다. 산도 마찬가지다.

사람들은 종종 어느 산이 좋은지를 묻곤 한다. 사실 정확하게 어느 산이 좋다고 말할 수가 없다. 많이 가봤다고 해서 내가 가장 좋아하는 산인가? 각자가 좋아하는 스타일에 따라 추천해 줄 수는 있지만 그날 어떤 날씨였고, 어떤 계절이었고 또 누구와 함께 갔는지가 더 중요하다. '어느 산이 좋았다' 라기보다는, 그 산을 갔던 '그날'이 좋았다는 표현이 더 맞겠다.

이른 봄에 야간 등산을 가면, 선선한 날씨에 벌레가 없어서 좋다. 황사가 없는 날이면 맑고 멋진 야경도 볼 수 있다. 조금 더 지나 늦은 봄이 되면 그때부터는 벌레와 모기들이 조금씩 생기기 시작한다. 걷다보면 꽃이 피고 초록의 새싹들이 돋아나는 장면을 볼 수 있다. 이른 봄에 잘 안 보이던 고양이들도 꼭대기에서 만나는 기회가 많아진다.

여름이 되면 계양산에는 진드기 보호 스프레이가 배포된다. 곳곳에서 볼 수 있는데 무료로 사용할 수 있다. 진드기 보호 스프레이가 필요한 만큼 벌레들가 많고 앵앵거린다. 봄에는 잘 보이지 않던 거미들도 많이 생기고, 지나가는 길목에서 거미줄을 쉽지 않게 만날 수 있다. 살결에 거미줄이 닿으면 흠칫 놀라기도 한다. 그러나 여름에는 풍성한 녹음,

그리고 짙은 초록의 아름다움을 볼 수 있다. 더운 날씨를 극복하고 정상에 올랐을 때 특유의 시원함은 여름 등산에서만 느껴볼 수 있는 매력이다.

가을에는 단풍으로 산이 염색을 하고 다시 벌레들이 사라진다. 알록달록한 단풍을 느끼면서 호흡하며 자연을 느끼는 기분은 색다르다. 겨울에는 낙엽들이 쌓이고 다가올 봄을 맞을 준비를 한다. 가지들이 앙상하게 변하며 뭔가 또다른 선선함이 밀려든다.

당연히 계절이 느낌이 다르지만 매일 가더라도 그날 그날이 다르다. 어제는 롯데타워가 시야에 선명했는데 오늘은 조금 흐리다. 어제는 분명 손전등을 켠 사람들이 많이 보였는데 오늘은 사람이 붐비지 않는다. 사람이 많으면 많은 대로, 없으면 없는 대로 느끼면 된다.

매일 느낌은 다르지만 똑같이 드는 생각 하나가 있다.

"내가 무슨 영광을 보려고 오늘도 여기를 왔을까, 너무 힘들다. 그냥 산에 오지 말고 집에서 치킨이나 뜯을 걸 그랬나?"

초입에서 항상 드는 생각이다. 하지만 그러면서도 꼭대기까지는 올라가고, 다음날 보면 또다시 산에 와있는 나를 발견한다. 계양산의 저녁은 오늘도 나와 사람들로 붐빈다.

죽기 전에 가는 산

택시를 타는 날은 입을 꾹 다물고 있고 싶은 날들이 대부분이다. 택시 기사님이 말을 시키면 짜증스러운 마음마저 든다. 하지만 '산' 이야기가 가미되면 내가 좋아하는 주제이기 때문에 이야기를 계속 나누고 싶은 마음이 생기기도 한다. 불필요하게 말 거는 택시 기사님에게 조심스러운 말투로, 명료하게 물어본다.

"기사님 혹시 산 좋아하세요?"

다음 돌아오는 답변이 '나는 산 같은 건 안 좋아해'라면 '아 그렇군요? 알겠습니다. 목적지까지 잘 부탁드려요!' 하고 더 이상 이야기를 하지 않는다. 만약 대답이 산을 좋아한다는 대답이면, 자연스럽게 천왕봉과 대청봉을 몇 번이나 등정하셨는지를 묻는다. 이후의 대화는 자연스럽고 즐겁게 이어진다. 가끔은 내릴 때 아쉽기까지 하다. 택시 기사님들은 사람들을 많이 만나기 때문에 여러 에피소드를 알고 있을 것이다. 그 중 산에 대한 어떤 이야기들이 있을지 궁금하다. 다만 도시의 기사님들과 지방 기사님들의 표정이나 행동은 확연히 다르다.

간혹 지방에서 택시를 타면 가격이 약간 비싸다는 느낌이 든다. 그러나 지방 기사님들이 계시는 지역에 대한 자부심과 디테일, 강과 산에 밀접하게 생활하면서 느낀 이야기 등을 듣다보면 가격이 비싸다는 생각이 사라지기도 한다.

단양 시내에서 소백산 들머리까지 택시를 이용한 적이 있다. 그때 택시 기사님의 이야기가 기억에 남는다. 며칠 전에 태워 드렸다는 어르신 손님에 대한 이야기였다. 소백산을 100번도 넘게 타셨다는 그 손님은 죽음이 얼마 남지 않아 마지막으로 소백산을 보러 왔다고 했다. 나이도 들었고 암에 걸려서 얼마 못 살게 되었고, 이번에 죽기 전에 마지막 방문이었고, 종일 택시를 타고 소백산과 그 주변 장소들을 방문했다는 이야기였다. 산을 타러 가는 우리에게만 이야기를 해 주신 것인 지 아니면 며칠 동안 이야기를 나눌 이가 없었는지는 모르겠지만, 누군가에게 털어놓고 싶었던 것 같다. 택시 기사님은 그저 그분의 바람대로 원하는 장소에 함께 하며 그분의 이야기를 들어주었다고 한다. 오랫동안 기사 생활을 해 보았지만 이런 투어는 처음이었다는 이야기도 덧붙였다.

누군가에게는 그냥 관광지 혹은 하나의 봉우리에 지나지 않을 산이지만 어떤 이에게는 죽음을 목전에 두고도 한 번은 방문해야 하는 장소였다. 인생을 정리하러 소백산을 들렀다는 그 이야기에 생각이 많아졌다. 나는 죽음 앞에서 어느 산을 가고 싶을지를 생각한다. 아무래도 사람들과 추억이 가장 많은 계양산을 갈 것 같다. 그러면서 웃음으로 근심을 덜던 순간들, 슬픔도 땀과 함께 배출해 버리던 순간들도 떠올리며 인생을 정리하겠지.

죄목은 마녀 엄마

    강화도의 어느 게스트하우스에서 만난 멋진 두 분이 있었다. 나보다 훨씬 더 꼰대라는 생각도 들었지만 20년 후에는 나도 저런 모습이었으면 좋겠다고 생각했다. 그분들의 나이는 정확히 모르지만 함께 온 자녀분들을 보니 50대 중반 정도로 추정되었다. 한 분은 등산 동호회의 대장이셨고 한 분은 부대장이라고 했다. 에베레스트, 스위스 트래킹뿐 아니라 자전거 여행도 함께 해왔다고 했다. 무거운 철제 자전거를 끌고 산에 올라가서 고생했던 이야기를 포함하여 여러가지 이야기를 들려주셨다.

    그분은 한 회사의 성공한 사장이며, 한 가정의 남편이자 등산 모임의 대장이었고 부대장님의 영원한 산행 동행자였다. 현재의 나와 비슷한 점도 있었지만 앞으로 내가 조금 더 발전하여 언젠가 성공하면 저런 모습이 되어 있으리라는 확신이 들었다. 휴일이 지나 일상생활로 복귀했지만 그분의 삶에 대한 이야기는 여운이 남았고 문득 다음과 같은 생각이 들었다.

'그분들의 나이는 우리 엄마보다 엇비슷한데 많은 도전들을 하고 있다. 근데 우리 엄마는 뭘 하는 거지?'

엄마가 무엇인가 혼자 저런 도전을 해 본 적이 있었던가? 나는 혼자 제주도도 가고, 등산 여행도 즐길 동안 엄마의 도전에 대해 생각해 본 적이 없었다. 이것저것 생각해 보다가 내린 결론은 엄마에게도 도전이 필요하다는 것이다. 하지만 내가 감히 엄마를 트레이닝시키거나 도전을 강요할 수는 없다. 엄마는 60대인 적지 않은 나이다. 앞으로는 영영 혼자서 어디를 가거나 하는 것은 불가능할지도 모른다. 그래서 한 살이라도 젊고 건강할 때 무엇인가를 했으면 좋겠다는 생각이 들었다.

내가 멕시코에 있을 때 엄마 아빠에게 멕시코 관광을 제안한 적이 있었다. 내가 있을 때 와서 조금이라도 새로운 곳을 보여 드리면 좋겠다는 생각이었다. 그러나 멕시코시티까지 두 분이 알아서 비행기를 타고 와야 했기에 결국 실행되지 못했다. 직항이 없어 미국에서 경유를 해야 했는데 두 분 다 언어가 유창하지 않아 해외에서 경유하는 것에 대한 두려움이 컸기 때문이다. 언어가 잘 통하지 않아도 부딪히면 된다고 생각했는데 그것은 내 입장에서의 이야기였다. 나로서는 이해가 안 되는 선택이었지만, 그 생각은 내 관점에서의 생각일 것이다.

그런 엄마가 내가 강요한다고 해서 다른 어려운 것들을할 가능성은 낮았다. 에베레스트나 스페인 성지순례길과 같이 나도 무리인 여행이라면 더더욱 엄마에게 권유할 수 없다. 그래서 제안한 것이 '혼자서 제주도 가기'였다.

"엄마. 엄마도 도전이 필요해. 내가 어떤 두 분을 봤는데말이야……"로 운을 떼서 꺼낸 이야기의 결론은 '제주도에혼자 가보되 미션 몇 가지를 성공해야 한다'였다. 미리 준비한 예상 시나리오 스케줄과 제주도에서 꼭 먹어야 하는 음식들을 적은 종이 한 장도 전달했다.

미션은 크게 세 가지였다.

(1) 호텔 말고 게스트하우스에서 자기

(2) 택시 이용하지 말고 대중교통 이용하기

(3) 하루 한 번 낯선 사람과 대화하기

엄마는 처음에 무슨 허무맹랑한 이야기가 있느냐며 손사래를 쳤다. 결국 몇 번의 설명과 설득 끝에 엄마는 결국 제주도에 혼자 가기로 했다. 내가 강력하게 주장하지 않았으면 그냥 말도 안 되는 이야기라고 코웃음을 치거나 오히려어른의 권위의식으로 나를 혼냈을지도 모른다. 내가 엄마에게 도전을 권해서 마치 엄마와 딸이 바뀐 것 같았지만 그것을 괴기스럽다 생각하지 않고 온전히 받아들이고 실행해 주어 고마웠다. 우리 엄마라서 할 수 있었던 결정이었다.

첫날의 게스트하우스와 비행기 티켓을 예약해 드렸다. 그 이후에는 엄마가 알아서 게스트하우스를 예약하고 목적지를 정하고 이동하는 것들을 계획해서 실행하기로 했다. 여행을 간 이후에는 누군가가 여정에 대해서 챙겨 주지 못한다. 나는 일을 해야 하고 가족들은 각자의 생활이 있다.

여행 첫날, 조금은 엄마가 걱정이 되어 저녁 무렵에 전화로 안부를 물었다. 무사히 잘 도착했고 저녁도 먹었다고 했다. 내일 묵을 게스트하우스를 정해야 하는데 어떻게 할지 몰라서 지금 묵는 게스트하우스 사장님에게 도움을 요청했다고 한다. 만족스러운 이야기였다. 엄마가 내 딸이 아니고 내가 엄마의 딸이라 뭔가 거꾸로 된 것 같았지만 내심 뿌듯했다. 다음 날에는 비자림 쪽으로 이동한다고 했다. 걷기도 하고 버스도 타고 어딘가로 갈 모양이다. 잘 다녀오라고 간략하게 하고 전화를 끊었다. 나에게 힘든 내색은 없었다. 그리고는 다시 전화를 하지 않았다. 엄마가 알아서 잘할 것이라 믿었기 때문이다. 우리는 여행에 다녀온 뒤에 만나서 이야기를 나누기로 했다.

여행에 다녀온 후 만난 엄마의 얼굴은 소녀같이 상기되

어 있었다. 눈은 초롱초롱 빛났다. 그 산행 대장님에게서 본 반짝거리는 눈빛이 엄마에게도 있었다. 해외를 간 것도 아니었고 그렇다고 고행을 한 것도 아니었다. 그래도 엄마에게는 큰 도전이었고 그것을 무사히 성공했다. 다음에도 또 이런 기회가 있으면 좋겠다고 했다.

조금 더 자세히 얘기해 보라고 보챘더니 마음에 있던 이야기들을 쏟아냈다. 사실 여행 첫날 엄마가 힘들어했고 엉엉 울었다고 한다. 나에겐 내색하지 않았던 내용이었다. 아빠와 동생에게는 울면서 전화를 했다고 옆에 있던 가족들이 한 마디씩 거들었다.

"내가 왜 너 같은 딸을 낳아서 고생을 하는지 슬프더라. 엄마 친구들은 호텔 예약해 주고 아빠와 같이 보내 주거나 아니면 친구들과 같이 가라고 하는데, 왜 너는 나를 이런 곳으로 보내나 하고 처음엔 생각했어. 그렇지만 이것도 내 복이라는 걸 알았지. 다른 엄마들은 안 하는 경험을 나는 해보게 됐으니까. 지금은 친구들 사이에서도 영웅이 되었어. 친구들이 나보고 대단하대."

자신의 이름보다는 가족의 구성원으로서 삶을 살아온 엄마. 그런 엄마가 나 홀로 제주도의 길들을 걸었다. 그곳에서 어떤 생각들을 했는지 나는 알 수 없다. 내가 알 수 있던 건 엄마도 이번 여행이 즐거웠다는 것이다. 도전이라는 작은 불씨가 의지라는 불쏘시개에 힘입어 결실이 되었다. 엄마 인생의 특별한 첫 번째 나 홀로 여행. 소녀처럼 빛나던 엄마의 눈동자.

다이어트

"야 너는 살을 빼야지 그렇게 둥구리딩딩 해서 되겠나. 산을 타고 조금만 먹어야 제."

어떤 아저씨가 아줌마에게 하는 이야기다. 자연스레 힐 끔거리며 아줌마를 보았다. 뚱뚱하지도 않고 그냥 약간 통통하신 평범한 아주머니다. 올라가는 내내 아저씨는 '살'이라는 단어를 10번 이상 언급하며 아주머니를 괴롭힌다. 얄밉다.

"아주머니 너무 꽃같이 예쁘신데요~ 예쁘세요!"

하고 지나갔다. 아저씨에게 제발 들려라 나의 목소리. 어두웠던 아주머니의 표정이 밝아지더니 툭 하고 던진 한 마디.

"봐라! 예쁘다잖나!"

3부

동물들은 짝짓기를 원한다

산에서 하는 소개팅

계양산에서 소개팅을 한 것은 신선한 경험이었다. 내가 산을 좋아한다고 누군가에게 그 장소를 강제한 것은 아니었다. 매일같이 야간산행을 즐기는 나와 야간 산행을 먼저 체험해 보겠다는 소개팅 남자의 결정이었다. 산에 대한 중독성 때문인지 첫 만남이라도 운동을 하지 않고 누군가를 만나서 먹기만 하고 '하하 호호' 한다는 것이 신체와 정신 건강에 대한 죄책감까지 느껴질 때가 있다. 그래서 계양산에서의 만남 제안은 그분들에겐 어려운 결정이었겠지만 나에겐 감사한 일이었다.

어느 이른 목요일 저녁. 야간 등산을 즐긴다는 나에게 흔쾌히 함께 가겠다고 하는 패기 넘치는 남자가 있었다. 퇴근이 늦어졌다며 20분 정도 늦게 도착한 그분과 머쓱한 인사를 나누었다. 운동 복장 차림으로 갈아입은 나와는 달리 소개팅남은 회사에서 퇴근하고 바로 왔는지 어정쩡한 정장 차림이었다. 미끄러워 보이는 구두는 불안했고 칙칙한 와이셔츠 단추는 금방이라도 터져 나올 것 같다. 이 복장으론 도저히 산을 탈 수가 없다. 옅은 한숨을 티 안나게 내 뱉었지만 그가 들은 것이 틀림없다. 주변을 둘러보니 등산 용품점이 있었고 그곳에서 대뜸 옷을 사겠다며 나의 옷소매를 끈다.

부담스러운 마음에 옷을 사지 말고 커피나 마시자는 나의 제안을 아랑곳하지 않은 채 몇 가지 옷을 구매했다. 자신의 재력을 과시하려던 것일까? 고른 옷과 입고 나서의 매무새도 썩 마음에 들지 않았다. 나는 짐을 들고 산에 가길 원했지만 그는 들고 온 다른 짐들을 지하철역 사물함에 맡기길 원했다. 내가 들고 가도 된다고 했지만 그의 완고함을 이길 수는 없었다. 이미 시간은 오후 9시가 되었고, 슬슬 짜증이 났지만 옷까지 산 그를 나무라고 싶지 않아 그러자고 했다. 옷을 사물함에 넣고 들머리에 다다르니 9시 30분이 되었다. 출근해야 하는 내일이 걱정되었지만 계양산에 같이 가주겠다고 했던 그의 배려를 되새기며 등산을 시작했다.

등산을 시작한 지 10분이 채 되지 않아 그의 옷은 땀범벅이 되었다.

20분이 경과하자 그는 종아리에 쥐가 나서 바닥에 주저앉았다.

나는 어쩔 줄 모르고 쩔쩔매는 그의 낯선 다리를 주물러야만 했다. 울퉁불퉁한 다리를 주무르는 촉감은 좋지 않았고 손은 그의 땀이 묻어 찝찝했다. 잠시 후 나는 내려가자고 말했다. 하지만 그는 내려갈 생각이 없었다. 고집이 제법이다. 노력과 정신은 가상했지만 최근 몇 년 동안 본 남자 중에 체력이 최악이다.

정상을 15분 정도 남긴 어느 중턱에 다다랐을 때, 4번째 쥐가 난 그가 결국 포기를 선언했다.

"저는 그냥 여기 있을게요. 혼자 올라갔다 이쪽으로 다시 오시면 안 되나요?"

15분만 가면 정상인데. 그동안의 계양산 산행에서 정상을 찍지 않은 적이 단 한 번도 없었기에 멈추고 싶지 않았지만, 그것은 나의 욕심이었다. 랜턴은 내가 가져온 한 개뿐이었고 그분은 산 길도 모르는 상황이다. 이 사람은 나와 소개팅을 하러 왔고 나를 배려해 준 고마운 사람인데 이 사람을 버리고 혼자 정상에 간다는 것은 말도 안 되는 일이다. 정상으로 혼자 갔다 오라는 그 사람의 만류에도 불구하고 이번엔 내가 고집을 부려 함께 내려가기로 했다. 다리가 아픈 땀범벅의 그를 부축하며 내려갔다.

"헥, 헥⋯⋯. 오늘은 비록 제가 산을 잘 못 탔지만 헥헥. 더 열심히 타서 따라갈 수 있는 체력을 만들도록 노력할게요 저는 수나노 씨가 마음에 드는데, 헥헥 아이고 내 다리…

잠시만요."

(절뚝절뚝, 주물주물)

"다음엔 어느 산에 갈까요?"

심성은 좋은 분이었지만 그분은 나와 함께 할 수 없었다.

"조용히 그냥 내려가시죠."

그렇게 우리는 침묵을 지키고 하산했고 다시 만나는 일은 없었다. 그날 나는 소개팅에 실패한 것보다는 정상을 다녀오지 못한 것이 더 슬프고 화가 났다.

계양산을 함께 한 많은 소개팅 남들이 있었지만, 그렇게 만난 단 한 분조차도 잘 되진 않았다. 그 누군가와 함께 하는 시간보다, 우리 다람쥐 사람들과 산을 함께 하는 시간이 더 소중하게 느껴진다면 군이 만날 이유가 없었다. 산을 좋아하는 나를 배려해 준 그분에게 감사한 마음이지만 인연은 아니었다. 체력이 절대적으로 꽝이다. 소개팅을 산에서 했던 것은 나름대로의 의의가 있었다. 보통 사람들은 누군가에 대해 알아보려면 '여행을 가라' 혹은 '살아봐라'와 같은 조언들을 해 주는데, 이는 결국 상대방이 문제를 해결하는 방식을 보기 위해서다. '이 사람의 인격과 성격이 나와 맞는 사람인지를 알려면, 지리산 천왕봉에 함께 가 보아야 한다'는 말은 산쟁이들의 선견지명이다. 10시간 넘는 산행을 함께하며, 우여곡절을 겪어야 하는 상황 속에서 그 사람의 성격과 인성이 여실히 드러나며 나와 맞는 사람인지도 알 수 있다.

쓰레기를 산에 마구 버리지는 않는지, 물이나 간식이 조금밖에 없을 때 어떻게 분배하는지, 뒷정리 할 때의 태도, 사람들의 간식, 배려에 감사하는지, 또는 그것을 당연하게 생각하는지, 다른 등산인에게 인사하는 나를 이상하게 생각하는지 아니면 같이 인사하는지, 힘든 구간에서 사람들을 챙기는지, 아니면 자기 혼자 가서 아래로 내려 보고만 있는지, 그리고 신체적인 케미 부분도 확인할 수가 있다.

어딘가에서 상대방과 내 유전자가 비슷하면 땀 냄새가 독하게 난다는 내용을 읽은 적이 있다. 냄새가 독하게 나는 유전자는 비슷한 유전자이기 때문에 본능적으로 다른 유전자를 받아들여 유전자 자체를 개선하려는 특성상 냄새 궁합이 맞지 않는다는 그런 내용이었다.

산에 함께 가는 것이 호감의 완전한 척도는 되지 않을 수 있지만, 그 사람의 여러 면을 볼 수가 있음은 분명하다. 상대방의 민 낯을 보고 싶다면 산에 함께 가보는 것을, 이왕이면 힘든 곳에 함께 갈 것을 추천한다.

바지 한쪽의 진실

일반적으로 등산에 대한 인식은 불륜에 대한 의문과 함께한다. 등산 모임을 한다고 하면 '다리를 걷으면~'부터 시작하는 의문을 풀어놓으며, 정말 불륜이나 짝짓기의 장소인지 궁금해하기도 한다. 그 물음은 모임의 성별 비율이 어느 정도 되는지에 대한 궁금증에서부터 시작한다.

으레 등산 모임이기 때문에 남자 성별이 많다는 것을 알게 되면 일부 남자분들은 오고 싶지 않아 하는 경우도 있다. 평소에도 많이 접할 수 있는 남성들을 굳이 취미생활에서까지 만나고 싶지 않은 모양이다. 사실 성별과 상관없이 인원을 모집하기 때문에 실제 남여비율은 산행을 나온 사람만 알 수 있다. 간혹 짝짓기를 원하는 건강한 청년이 '왜 여자를 좀 데려오지 남자 비율이 이렇게 많나요? 여성 회원을 모집하면 안 됩니까?'하고 성비 불균형에 대해 불만을 토로

하는 경우가 있다. 그러면 내가 꼭 하는 이야기가 있다.

"그렇게 모집하고 싶으시면 직접 모집해 오세요. xx님이 잘생기고 매력적인 남성이었다면 예쁜 여성 회원분들이 가입하지 말라고 해도 줄줄이 들어올 텐데. 안 그런 가요?"

그러면 아무 얘기 없이 조용해진다. 본인의 매력 치를 과대평가하고 '여자! 여자!'를 울부짖는 호색한들에겐 직접적으로 이야기해 줄 필요가 있다. 그렇게 얘기를 했는데도 못 알아듣는 경우에는 결국 스스로 나가거나 아니면 강제 퇴출 당하는 사례가 대부분이다.

여자가 남자를 좋아하고 남자가 여자를 좋아하는 것은 자연스러운 현상이다. 하지만 등산 모임의 목적은 등산이어야 한다. 간혹 목적이 명확하게 짝짓기인 사람들이 존재한다. 인원이 많았던 네이버 카페의 등산 모임에서는 어떤 남자가 여러 명의 여자한테 동일한 메시지를 보내며 이 사람 저 사람에게 추파를 던진 일이 있었다. 여자들끼리 친하지 않았더라면 몰랐을 일이었다. 그런데 몇 명의 여자들이 자신에게 추파를 던진 남자에 대한 고민을 서로에게 털어놓으며 100% 똑같은 메시지를 복사-붙여넣기 해서 서로에게 보냈다는 것을 알게 되었다. "나 정도면 괜찮은 남자인데, 만나 보면 어떨까? 내가 정말 잘해 줄 수 있는데." 토씨 하나 틀리지 않은 메시지였다. 그 메시지를 여자들끼리 서로 공유했다는 사실을 그 남자는 몰랐다. 끝끝내 몰랐는지는 알 수 없지만 적어도 정보를 교환한 그 여자들과 이성교제를 하는 일은 발생하지 않았다.

과거에 활동을 적극적으로 했던 어떤 모임에서는 여성이 있는 모임에만 남자들이 득실거리는 경우가 있었다. 예를 들어 산행 인원을 모집하는 글에 "관악산 09시! X월 X일 9명!"이라고 누군가가 글을 올린다. 그러면 9명이 댓글을 달아 선착순으로 참여하는 방식이다. 성별을 써야 하는 그 모임에서 모임을 주최하신 한 남자분 그리고 한 다른 남자분이 댓글을 단 3시간 동안은 한가한 시간이었는데도 아무런 댓글이 추가적으로 달리지 않았다. 그리고 나서 조금 뒤에 우연의 일치인지는 모르겠지만, 어떤 여자분이 댓글을 달자 기다렸다는 듯 잽싸게 남은 5명의 인원이 3분 만에 차 버린다. 이런 일들은 매우 비일비재하며 재미있는 현상이다. 짝 짓기에 진심인 이런 사람들이 나쁘다고 내가 감히 누구를 평가하고 돌을 던지겠는가. 그저 상황을 즐길 뿐이다.

다만, 상대방이 원하지 않는 접근은 남녀를 떠나 상대방에게 공포심을 조장할 수 있다.

처음 뵙는 어떤 남자분과 단둘이 계양산에 오른 적이 있었다. 프랑켄슈타인을 닮은 그는 배가 많이 나왔고 무서운 인상이었다. 집에 어떻게 가냐는 물음에 30분 정도를 걸어

가야 한다고 답변한 것이 화근이었을까? 자기 차로 데려 주겠다고 두 번이나 권유했다. 나쁜 의도는 아니었겠지만 늦은 저녁 땀 냄새를 풍기면서 처음 본 사람의 차에 선뜻 탄다는 것이 그날따라 썩 내키지 않았다. 그의 인상이 온순한 스타일은 아니어서 그랬던 것 같기도 하다. 어쨌든 걸어가겠다고 하고 그분은 주차장으로 갔고 나는 집으로 향했다.

이어폰에서 흘러나오는 음악을 들으며 빠른 속도로 집으로 가고 있는데 모르는 차가 내 옆에 계속해서 따라붙었다. 처음에는 내가 잘못 의식하는 것인 줄 알았는데 나를 따라오는 것임이 분명했다. 잠깐 멈춰서 그 차를 봤더니 함께 산행을 한 그 남자분이다. 무시하고 내려가면 그냥 갈 줄 알았는데 계속 따라오는 통해 길가에 멈춰 서야 했다. 그 남자는 창문을 내리고 타라는 손짓을 했다.

"아 타시라고요 집까지 바. 래. 다. 준다니까 그러네."

영화에서나 보던 사이코패스 같은 차가운 말투. 서글서글한 외모가 아니어서 더욱 무섭게 느껴졌다. 지금까지는 이 상황이 이유 없이 이상하다고만 생각했을 뿐이었지만 이제는 아니었다. 이것은 권유가 아닌 강요였다. 왜 이렇게까지 나를 태워 주려 하는지 제정신이 아닌 사람 같았다. 날 태워서 뭘 하려고 데려다주는 행위에 집착하는 것일까? 으악. 사실은 그 사람에 대해 아는 정보가 없다. 익명이기 때문에 그리고 산행 내내 별로 질문하지도 않았기 때문에 이름만 알뿐 다른 정보는 없다. 이름마저 사실은 속이려면 속일 수 있다. 모든 것이 의심스럽다.

두려움을 느낀 나는 그를 무시하려 애썼다. 그는 액셀과 브레이크를 반복해서 밟으며 약 50m 정도를 따라왔다. 그 당시에 모임에서 알고 지낸 지 얼마 안 된 지금의 숲 속 친구들 밤비 모임장에게 다급한 목소리로 전화를 하여 도움을 요청했다. 역시나 장난인 줄 알았는지 믿질 않는다. 그냥 믿기 싫은 걸지도 모르겠다. 만약에 내가 쭉쭉 빵빵의 예쁜 여자나 본인이 관심 있는 여자였다면 바로 달려왔을 텐데. 그냥 친구에 자기 스타일이 아니니 별로 관심이 없는 듯했다. 도움이 안 되는 그와의 전화를 끊어 버리고 다른 친구들에게 전화해서 두려움을 표출했다. 통화를 하는 것을 보더니 그 남자는 돌연 포기하고 액셀을 밟아 멀리 가버렸다. 나는 곧바로 그 남자를 강제 퇴출했고 차단을 했다. 그 남자가 짝짓기를 원했는지 그냥 다른 범주의 행동이었는지는 명확하지 않지만 정상은 아님이 분명해 보였다.

번쩍번쩍 등산화

사전 권고 사항에는 등산화 혹은 운동화를 착용해야 한다는 내용이 있었다. 하지만 남자분 중에 어떤 한 분이 신고 온 로퍼에서는 반짝반짝 광택마저 났다. 그가 등산을 하러 온 건지 소개팅을 하러 온 건지 알 수는 대목이다. 아침 일찍부터 손질한 것으로 보이는 머리는 깔끔하게 정리되어 있었다. 세미 정장류의 옷차림을 한 그는 호기롭게 자기소개를 했다. 완전 꼰대인 봄님이 역시 그냥 넘어가지 못하고 한마디를 했다.

"산행을 하다가 신발이 망가지거나 다칠 수 있는데 그래도 괘 안겠읍니까? 분며이 꽁지 사항에 등산화 신어야 된다고 써났지 아입니까? 넘어져도 책임 못집니더."

서울말을 쓰려고 노력한 기색이 역력했으나 짙은 경상도의 사투리를 감추지는 못했다. 표정에는 걱정이 반 그리고 불쾌함 반이 묻어 있었다. 혹여나 넘어져서 다칠까 재차 물었지만 그는 괜찮다고 손사래를 치며 강행하겠다고 한다.

한양 도성길 스탬프 투어는 서울특별시에서 주최하는 흥미로운 투어다. 어플리케이션 혹은 지도에 모든 스탬프를 찍어 원점 회귀하면 소정의 배지를 선물로 주는 것이 재미있다. 새로 들어온 멤버 중에서 전 주에 가벼운 산행을 재미있게 했던 몇 명의 사람들도 이번 '스탬프 투어'에 함께 참여하기로 했다. 로퍼를 신은 남자분도 그중 한 명이었다. 이번 일정은 난이도가 설악산이나 지리산 종주 급으로 엄청난 것은 아니었지만 그래도 길이가 20km가 넘는 쉽지 않은 일정이다.

5Km의 산행 지점에 다다랐을 때 우려되던 그 남자분의 신발 아래가 뜯겨졌다. 경사가 있을 때마다 미끄러지더니 결국 신발이 망가진 것이다. 그분은 다른 사람들의 걱정에도 아랑곳하지 않고 새로운 사람들과 함께 하는 게 좋다며 그때까지는 하하 호호 신이 나 있었다. 8km의 산행 시점에 다다랐을 때, 아차/용마산에 참여했던 여자분 한 분이 일정을 소화하지 못하고 자신은 여기까지 하겠다는 인사를 남기고 가버렸다. 취미는 취미일 뿐 아무도 비난하는 사람이 없었고 우리 모두는 그 여자분을 이해했다. 끝까지 함께 하지 못한 아쉬움을 뒤로하고 남은 사람들은 계속 일정을 진행하

기로 했다.

13 km 정도 되는 시점에서 세미 정장 복장의 남자가 얼마나 더 가야 하는지를 물었다. 옅은 하늘색의 셔츠는 땀에 젖어 진한 남색이 되어 있었고 고등어 썩은 내 같은 땀냄새는 은은하게 퍼져 다른 사람들을 고통스럽게 했다. '한 10km 정도만 더 가면 돼요!'라고 누군가 이야기했고, 그 순간 그의 얼굴에 드리운 절망의 그림자를 눈치채는 것은 어렵지 않았다.

그래도 그렇게 갑자기 사라질 줄은 누가 알았을까? 혜화역 근처에서 그 남자가 갑자기 사라졌다. 잔여 거리를 물은 지 십여 분이 지난 시점이다. 여기저기 두리번거리며 모두가 함께 그 사람을 찾아보았는데 저기 멀리 버스 정류장에서 버스에 올라타려는 뒷모습을 발견한 누군가가 외친다.

"앗 저기 있다! 저기요! 집에 가시는 건가요?"

하고 소리쳤지만 들리지 않는지 아니면 듣고 싶지 않은건지 그의 바쁜 뒷모습은 버스로 속으로 쑥 사라져 버렸다. 이 스탬프 투어는 도심 속에서 거리를 활보하는 루트도 있었기 때문에 도망이 가능했다. 중간에는 화장실도 갈 수 있고 편의점에서 음료수를 사 마실 수도 있다. 그만큼 자유롭고 도심의 풍경을 즐길 수도 있지만 언제든지 집에 귀가할 수 있는 의지 저해 요소도 섞여 있다.

먼저 얘기하고 가셨던 그 여자분처럼 그냥 힘들었으면 힘들다, 그만 집에 가보겠다고 얘기했으면 모두가 이해했을 것이다. 그랬더라면 아무렇지 않게 다음 산행에서 만날 수 있었을 것이다. 그 남자는 버스에 오른 지 얼마 지나지 않아 모임에서 말도 없이 나가 버렸다. 그분의 이름도 연락처도 직업도 나이도 모르지만 끝까지 함께 하지 못한 것보다 그렇게 말없이 가야 했던 그분의 마음 상태가 안타까웠다. 갑작스럽게 집에 무슨 일이라도 생긴 걸까.

그분과 대화를 나누었던 몇몇의 멤버들은 전 주에 갔던 '아차-용마 산행'에서는 별다른 문제가 없었다고 이야기했다. 그 산행은 2시간 미만의 산책 수준이었고 그 이후 맛있는 안주와 술로 3시간 넘게 조우하며 즐거운 시간을 보냈었다고 했다. 그는 이번 산행도 사전 조사나 공지에 대한 숙지 없이 왔고 대충 어느 정도 산책 수준으로 산을 타다가 술 마시고 즐겁게 놀 생각을 하며 참석을 결정했을 것이다.

어쩌면 로퍼를 신고 옷을 멋지게 빼입고 온 것은 그날 참석자 중 여자분이 많았던 것을 감안했던 것일지 모른다. 혹시나 하는 기대로 자신의 매력을 발산하기 위한 장치였을지도……. 그런데 '혹시나 했는데 역시나'였다. 등산 모임에 소개팅 복장으로 오는 사람을 매력적으로 느낄 사람이 있을까? 무슨 생각으로 그랬는지 궁금했지만 물을 수도 없었다.

어쩌면 그런 조금은 이해 안 되는 그분이 스스로 나가 준 것이 다행일지도 모른다.

사이버 러버

닉네임은 기억나지 않는 어떤 남자분이 있었다. 같은 동네에 산다고 해서 반가운 마음도 있었다. 산은 평소에 타지 않고 이제는 운동을 시작해 보려고 한다고 했다. 단둘이 타기에 불편할 것 같았지만, 말씀을 많이 하시는 분이라서 불편함은 없었다.

산의 등산 초입부터, 그분은 '민정이(가명)'라는 사람에 대해 이야기했다. 자신이 사랑하던 사람이라고 했다. 하지만 자신을 만나 주지 않고 이별을 고했다고 마음 아파했다. 산행 처음에 시작된 '민정'님에 대한 이야기는 꼭대기에 다다를 때까지 계속되었다. 그분이 그 사람을 얼마나 사랑했고 얼마나 보고 싶은지에 대한 이야기였다. 듣고 싶지 않았고 스트레스가 조금씩 쌓였지만 처음 본 사람에게 그만 좀 얘기하라고 할 수는 없는 노릇이었다. 얼마나 이별에 마음이 아팠길래 계속 반복적으로 똑같은 이야기를 하는지 그 마음이 안쓰럽기도 했다.

계속 이야기를 듣다 보니, 그 여자는 인터넷으로만 만났을 뿐, 실제로는 본 적도 없는 사이버 연인이었다. 그를 멀리 해야 한다는 생각이 들었다. 아니나 다를까 그는 꼭대기에서 그 '민정님'의 풀네임을 밤 21시에, 모두가 듣도록 힘껏 외쳐 댔다.

"김민정~~~ 사랑한다~~~~~~!"

소음 공해였다. 내 표정은 일그러졌다. 어디 쥐구멍이 있다면 숨고 싶을 정도로 부끄러웠다. 10번 정도 외치길래 그만하면 안 되냐고 제발 그만하고 내려가자고 얘기했다. 그는 알겠다고 하면서 자신을 버린 그 여자를 아직도 사랑한다는 말도 덧붙였다.

우리 모임은 닉네임만을 사용하기 때문에 그는 내 본명은 모르고 있었다. 그분은 산행 중간마다 내 이름을 물었지만 나는 대답하기 싫었다. 나는 그 사람의 사랑하는 민정님도 아니었지만 왠지 모르게 내 본명을 그분에게 알려 주기 싫었다. 괜히 이름을 알려 줬다가 언젠가 계양산 꼭대기에서 원망의 이름으로 불리진 않을까를 상상하니 절대로 알려 줘서는 안 될 것 같았다.

내가 뭔가 제지하지 않으면 산행에 내려올 때까지 그는

그 여자에 대한 얘기를 계속할 것 같았다. 그냥 서로 침묵을 지키며 내려가는 편이 낫다고 생각했다. 물론 한 두 번쯤 그분의 대화를 공감해 주고 들어줄 수는 있다. 하지만 이것은 도를 넘어섰고 더 이상 '민정'님에 대해 알고 싶지도 듣고 싶지도 않았다. 퇴근하고 힐링하며 땀을 빼고 내일을 준비해야 할 이 소중한 저녁의 삶에 민정님이 가득 해지는 소음 공해가 너무 싫어 그분에게 얘기했다.

"민정님 얘기 많이 들었는데, 이제 그만 얘기하시고 그냥 내려가셨으면 좋겠어요."

본인도 어느 정도 알아들었는지, 더 이상 이야기하지 않았고 침묵을 유지한 채 같이 내려갔다. 소음 공해가 없어지자 어느 정도 마음이 평화로워졌다. 내가 모르는 '민정'님 때문에 스트레스를 받을 일은 더 이상 없었다. 그렇게 하산을 하고 나서 다음을 기약하지 않고 짧게 이야기했다.

"안녕히 가세요."

보통 때라면 "다음에 또 뵈어요" 내지는 "즐거웠습니다" 등의 추가적인 코멘트를 더 했을 텐데 나도 사람인지라 하나도 즐겁지 않았고, 다음에 또 보고 싶지 않았다. 그분이 제2, 제3의 '민정'님을 만날지 안 만날지는 모르겠지만 피곤했다. 그분도 그런 나의 불쾌함을 읽었는지 더 이상 모임에 나오지 않았다.

소백산의 운수 좋은 날

끝날 것 같지 않던 고도가 마침내 끝나고 능선의 등허리만이 눈에 들어왔다. 조금 더 걸으니 정상석이 눈에 보인다. 몇 주 전 함께 계곡 트래킹을 했던 언니 세 명과 함께 강행한 소백산 산행이다. 두 명의 언니들은 속도가 맞지 않아 천천히 올라오고 있었다. 날씨 탓인지 정상까지 오르는 내내 단 한 팀의 다른 무리도 보이지 않았다. 그 때문에 정상석에 사람이 있을 것이라고 전혀 생각하지 못했다. 정상석에 가까이 가자 멀리서 점처럼 보이던 세 명의 사람들이 점점 선명하게 보였다. 나는 속도가 나와 비슷한 정이 언니와 단둘이 있었는데, 마침 그분들이 정상석 앞에 있어서 사진 촬영 부탁을 했다.

"꿈에서 돈이 마구 쏟아지는 꿈을 꿨는데, 예쁜 아가씨들을 만나려고 그랬나 봅니다. 허허."

어떤 한 분이 가장 막내로 보이는 젊은이의 옆구리를 팔꿈치로 찌르자 그 젊은이가 가방을 뒤적거렸다. 그 가방에서는 도시락 통이 나오더니 금방 돗자리에 막걸리와 수육 한상이 차려졌다. 젊은 여성들을 이곳에서 만났다는 것이 매우 반가운 듯한 눈치였다. 그도 그럴 것이 비바람이 금방이라도 몰아칠 것 같은 날씨에 소백산 정상에서 누군가를 만난다는 것 자체가 너무나 가슴벅찬 일이다.

나 역시도 마침 막걸리 한 잔을 걸치면 좋겠다고 생각했는데, 큰 가방에서 먹을 것들이 쏟아져 나오니 무척이나 반가웠다. 우리가 가지고 있던 간식이라고는 아몬드가 들어간 초코바 몇 개와 이온 음료가 전부였다. 수육과 막걸리에 비하면 빈약했지만 그것이라도 드려야 할 것 같아 꺼내 놓았다. 우리가 꺼낸 간식거리는 예상대로 아무도 먹지 않았고 구색만 갖출 뿐이었다. 수육 한 점과 곁들인 막걸리 한 잔이 그렇게 달콤할 수가 없었다. 몸에 사르르 흡수되어 뇌를 띵하고 울리는 그런 달콤함이다.

"캬…… 정말 감사해요. 이런 곳에서 이렇게 맛있는 막걸리를 얻어먹게 되다니."

맛있는 막걸리를 입에 머금으니 기분이 좋아져서 칭찬의 말들을 쏟아냈다.

"이런 미인들을 만나다니! 아주 좋네요, 다들 어디서 오셨나요?"

우리는 서울에서 왔다고 소개했다. 그분들은 울산에서 오셨다고 했다. 어디까지 가는지 이것저것 물어보셨다. 그분들이 울산의 어느 발전소 소속이라는 것은, 건네준 명함을 보고 알게 되었다.

"이것도 인연인데 명함이라도……."

천만 탈모인의 대표주자로 추정되는 부장님이 머리를 긁적이며 명함을 건넸다. 나이 있으신 분이 구부정한 모습으로 매우 쑥스러워하시는 모습이 재미있었다. 옆에 있던 약간은 젊어 보이는 대리가 자신의 명함을 곧이어 건넨다. 주섬주섬 건네는 손에는 약간의 떨림도 있었다. 대리는 원래 수줍은 성격인지 아니면 직급이 높은 두 사람에 기가 눌려서 그랬는지 말이 별로 없다. 말없이 그 광경을 바라보며 흐뭇한 미소를 짓고 있는 다른 한 분은 발전소 소장님이란다. 어쩐지 그 부장과 대리가 그분을 어려워하고 깍듯하게 모시는 눈치였다. 그분이 오늘 소백산을 오자고 하셔서 이렇게 미인들을 만나게 되었다고 부장님이 한 마디 거들며 흥을 부추겼다. '우리 소장님'을 강조하며 계속되는 부장님의 용비어천가에 그 소장님의 어깨엔 뽕이 가득했다. 세 사람은 각각 50대 40대 30대로 보였다. 나는 그 당시 20대였고 언니는 30대 초반이었는데 왜 우리에게 명함을 건네는 건지 당황해하자 조금은 상기된 아저씨들이 운을 띄웠다.

"울산 근처에 좋은 산들이 아주 많아요! 다음에 기회가 되면 놀러 오세요. 저희가 회고 뭐고 다 준비해 놓겠습니다. 아니면 저희가 북한산에 가도 좋고요!"

막걸리와 수육을 얻어먹은 우리가 감히 그분들에게 마음의 소리를 내뱉을 순 없었다. 마음 같아서는 '우리가 왜 나이 많은 아저씨들이랑 산에 가려고 울산까지 가야 하죠?'라고 얘기하고 싶은 심정이다. 언니의 심정도 같았는지 흔들리는 동공을 나와 잠시 맞추더니 곧이어 대답했다.

"저희야 감사하죠. 기회 되면 다음에 같이해요!"

그분들이 자신들도 명함을 달라고 하는 통에 언니는 등산 가방 깊숙이 있던 지갑에서 명함이 있는지를 확인해야 했다. 찾아보니 명함이 있어 주섬주섬 명함을 건넸다. 옆에 분은 명함이 없냐며 나를 쳐다봤지만 나는 명함이 없다고 대답했다. 비즈니스를 하는 것도 아닌데 소백산 정상석 앞에서 영업사원같이 서로에게 명함을 건네는 모습은 꼭 업무의 연장선 같기도 했다.

그분들은 해가 지기 전에 대피소로 가기 위해서는 서둘러야 한다며 급하게 뒷정리를 했다. '잘 먹었습니다'를 외치며 정상석에서 널려 있는 간식들과 쓰레기들을 함께 치우고 다시 전투 등산 자세를 취했다. 우리는 대피소에서 가지 않아 다음에 어떤 산에서 만날 것을 기약하며 손을 흔들고 하산했다.

잘 들어가셨냐는 그날 저녁의 예상치 못한 대리의 안부 문자는 대수롭지 않게 넘겼는데 그분은 다음날에도, 또 그 다음 주에도 언니에게 꾸준한 안부 연락을 했고 북한산에 오겠다고 했다. 아니면 우리 보고 울산에 오라고 했다. 끊임없는 구애 끝에 울산을 한 번 가 보는 것도 좋을 것 같아 사람들과 함께 가는 것을 고민했다. 그 대리는 젊은 사람이었기에, 언니들 몇 명과 함께 가면 비슷한 또래의 청년들과 함께 할 수 있을 것이란 약간의 흑심도 있었다. 그런 마음으로 일정을 추진하려고 작은 대화방을 만들었다.

[정이 님이 입장하셨습니다]

[수나노 님이 입장하셨습니다]

[대리님이 입장하셨습니다]

간단한 안부 인사를 주고받는 것으로 시작해서 날짜는 정해졌다. 언니와 나 그리고 그 대리님은 가는 것으로 하고 몇 명 정도를 더 부를지를 논의하기로 했다.

"그럼 저희도 언니 몇 명 더 데려올게요. 친구분들 있으시면 같이 오시면 좋겠어요."

갑자기 누군가가 입장했다.

[발전소 소장님이 입장하셨습니다.]

[발전소 부장님이 입장하셨습니다.]

우리와 어떤 논의도 없이 그때 뵈었던 소장님과 부장님이 채팅방에 난입했다.

소장님이 채팅창에서 반갑게 인사했다.

"안녕하세요! 잘 지내셨나요? 이번에 뵈면 제가 회는 책임지겠습니다!"

그러자 부장님이 그 밑에 바로 대답했다.

"이욱시 우리 소장님! 멋지십니다! 와 재밌겠습니다ㅎㅎ 소장님께서 사주시는 회에다 소주 얼른 먹고 싶네요!"

우리가 원하던 멤버는 저분들이 아니었다. 젊은 우리 또래의 청년들을 원했는데, 그렇게 되기는 글러먹었다. 대리가 중간 역할을 잘 못했다는 생각이 들었다. 애초부터 저분들과 같이 간다고 했으면 아예 이렇게 조율에 낭비하는 시간들은 없었을 것이다.

'회사에서 일할 때에도 중간 조율을 저딴 식으로 하나?' 하는 생각과 함께 헛헛한 웃음만 나왔다. 두 분이 입장한 이후로 산행 조율은 어려움이 있었고 결국엔 흐지부지되었고 연락도 끊겼다. 그저 그냥 막걸리와 수육의 즐거웠던 추억만 나누었으면 더 좋았을지도.

4부

상황은 혀를 이긴다

가장 맛있는 음식

 4시간이 넘는 급경사 구간인 설악의 오색 코스를 넘어
겨우겨우 소청 대피소에 다다랐다. 카페인 음료와 과자 쪼
가리들로 아침을 버텨준 건강한 허벅지와 몸뚱이에 감사한
다. 소청 대피소에 도착해서야 준비해 온 발열 도시락을 열
어 볼 수 있었다. 발열 도시락은 무게도 가볍고 발열체를 사
용해서 불을 지피지 않고도 따뜻한 식사를 할 수 있는 것이
큰 장점이다. 지난번에 한번 먹어보려고 준비했으나 발열
체를 망가뜨려 실패했을 때와는 다른 뜨거움이다. 모락모락
수증기가 피어나는 도시락은 마치 산에서 불을 낸 것과 같
이 보일까 내심 걱정이 들었다. 집에서 연습 삼아 시도했을
때에는 무엇이 문제였는지 모르겠지만 정말 맛이 없었다.
덜 익은 밥알은 따로 놀았고 따뜻하지 않은 밥알 속의 야채
후레이크는 모래알을 씹는 맛이었다. 그것은 곧장 쓰레기통

에 처박혔었다.

오늘도 그때 먹었던 것과 같은 소고기 고추장 비빔밥이다. 이번에는 다행히도 같이 간 친구들이 발열체 사용하는 법을 알려주었다. 이번에도 내 발열체는 불량이었고 그것을 대신하여 친구들이 사용하던 발열체를 사용해서야 밥알이 부풀어 오르기 시작했다. 뜨겁게 김이 모락모락 나는 고추장 비빔밥은 원기를 회복하기에 충분한 342kcal. 오색을 타고 대청까지 올라오는 동안 써버린 에너지에 비하면 칼로리가 턱없이 부족하지만 짭짤한 나트륨이 입맛을 다시게 한다. 쩝쩝.

말없이 모든 밥들을 위장 속으로 밀어 넣고 나서야 비로소 다른 사람들이 여분으로 가져온 간식들이 보였다. 그중 한 명이 편의점에서 사 온 비싼 빵이었다며 4,000원짜리 흑당 카스텔라를 선보였다. 포장지를 뜯으니 이름처럼 흑설탕의 달달한 향기가 매혹적으로 풍겨나왔다. 비빔밥으로 완전히 채워지지 않은 위 안의 곳곳을 카스텔라의 뽀송함과 보드라움이 자리하는 느낌이 나쁘지 않았다. 디저트로 제격이었다. 평소에는 거들떠보지도 않는 편의점 빵이 이곳에서는 엄청난 센세이션을 불러일으키는 맛이 되었다. 더 먹고 싶어도 살 수 없으니 더더욱 그렇다. 풍경과 카스텔라를 곁들이니 도시에서 먹는 한우 오마카세보다 훨씬 낫다.

사람들과 나누어 먹은 간식으로 배가 빵빵해졌다. 운동한 것보다 너무 많이 먹진 않았나 조금 우려가 된다. 하지만 하산 길은 정말 끝없는 여정이다. 내려가고 또 내려가도 끝이 없는 소공원까지의 길. 계속되는 칼로리 소모의 일들만 남았다. 애초부터 살에 대한 걱정은 할 필요가 없었다. 산행을 시작한 지 10시간이 지나서야 끝이 조금 보이는 것 같다. 비선대가 가까워 올수록 풍경은 좋아진다. 계곡물과 어우러진 바위들 위엔 내가 내려가야 하는 계단들이 있다. 경사가 높을수록 발바닥과 무릎에 더 힘이 들어간다. 스틱을 사용했지만 발바닥은 장시간의 산행으로 물집이 잡혔다. 숙소에 가면 터뜨려야 하는데 바늘이 없는 것도 걱정이다.

　　계단이 많은 곳에서 잠시 쉬어 가고 싶지만 조금만 더 늦어지면 해가 질까 두렵다. 다른 친구들이 속도를 내고 있는 이 구간에서 나 혼자 때문에 지체할 수는 없어 목마름을 참는다. 다들 같은 마음이겠지. 생각해 보니 물도 500 ml의 반도 안 남았다. 물을 다 마시면 다른 사람의 물을 조금 축내도 되긴 하지만 그러고 싶지 않다. 나와 거리가 벌어진 사람을 불러서 굳이 나 때문에 멈추어야 하는 그 상황이 싫기 때문이다.

　　'비선대'라는 푯말이 보이자 소리를 질렀다.

　　"야호! 살았다! 이제 거의 다 왔어! 유후……."

주변에 있는 산쟁이 아저씨들이 다 들을 법한 아주 우렁차고 큰 목소리였다. 방금 전의 지쳐 있는 모습을 털어내고 반짝이는 눈으로 마무리를 갈망했다. 그러자 그 소리를 들은 아저씨가 세모눈을 하고 나를 삐죽 쳐다봤다.

"허허 거기서도 아마 주차장까지 가려면 40분이나 가야 할 걸? 아직 좋아하긴 일러."

희망을 부수는 아저씨의 목소리가 얄미웠지만 일행들과 씩씩하게 웃어넘겼다. 겉으로는 허허허 했지만 10분이 지나자 김이 빠졌다. 물도 다 마셨는데 비선대에서 40분 넘게 더 가야 하다니 절망이었다. 원래도 산을 탈 때는 말을 많이 하지 않는데 침묵과 더불어 얼굴에 어둠의 그림자가 드리웠다. 먹을 것도 없어 에너지는 고갈되고 힘은 빠지고.

같이 갔던 동생이 물을 마시겠다고 한다. 그는 평소에는 다른 사람들과 함께 장난치면서 나를 괴롭히는 개구쟁이 동생이다. 마시는 물을 나에게 건네더니 주섬주섬 가방에서 간식 보따리를 꺼내니 크림빵이 나온다. 아까 먹었던 흑당 카스텔라처럼 평소엔 먹지도 않는 편의점 표 저렴한 빵인데 일단 크게 한 입 베어 먹어 본다. 천상의 맛이다. 부족했던 혈당을 올려주며 뇌에선 엔도르핀이 도는 것 같다. 뻑뻑한 빵의 질감마저 특별하게 느껴진다. 오, 관대한 내 마음. 이 빵이 딱딱하고 뻑뻑한 것은 그 나름의 이유가 있을 것이다.

평소엔 먹지도 않는 편의점 음식들이 엄청난 센세이션을 일으키는 것은 산의 힘이다. 나에게 개고생과 근육통을 안겨주면서 동시에 멋진 풍경을 보여주는 산의 힘.

'나는 아래서 막걸리나 먹고 있을 테니 산에 내려오거든 연락하는 게 어때?'라고 우스갯소리로 얘기하는 사람들은 절대 모르는 엄청난 마법.

꿀떡이의 얻어먹기

"똑똑똑, 누나 안녕하세요!"

"응 그래 꿀떡아 무슨 일이니?"

"누나 사실은 제가 돈이 없어서 그러는데 돈 좀 빌려주시면 안 될까요?"

　나하고 개인적인 연락을 한 적도 없고 산행을 몇 번 가지도 않았던 꿀떡이가 갑작스럽게 말을 걸어왔다. 대뜸 돈을 빌려 달라고 한다. 평소엔 구두쇠이고 얻어먹기 좋아하는 친구인데 어떤 예쁘장한 여자아이가 꿀떡을 사 오라고 했더니 봉지에 꿀떡을 담아 계양산에 왔다. 그 이후 닉네임이 꿀떡이 되었다.

　'얻어먹기 좋아한다'라는 수식어가 붙은 데에는 이유가 있었다. 사람들과 무엇인가를 먹고 1/N을 하게 되면 정산을 차일피일 미루다가 한 달 이후에 주거나 아니면 안 주는 경우가 있었다. 꼭 사람들이 밥을 먹으면 모임이 파하기 직전에 참석해서 안주를 하나 시킨다. 그리고 늦게 온 것을 내세우며 1/N 하기는 어렵다고 이야기해서 얻어먹기도 참 많이 얻어먹어왔다. 그 때문에 알게 모르게 그 친구는 사람들의 기피 대상이었지만 그렇다고 겉으로 드러나진 않았다.

그래 어디 얼마의 액수가 왜 필요한지 들어보기나 하자는 마음으로 답변을 했다.

"그래, 얼마가 필요하고 그게 왜 필요한데?"

그는 카드 값이 밀려 있어서 약 10만 원의 돈이 필요하다고 했다. 20대 후반의 적지 않은 나이에 가족도 아닌 잘 모르는 나에게 도움을 요청할 수밖에 없는 상황과 그의 정신 상태를 추측해 보았다. 어쩌면 뭔가 그만의 사정이 있을 거라는 생각으로 다시 한번 물어봤다.

"카드 값 10만 원이 없으면 돈을 벌어서 갚아. 어디 아프거나 무슨 일이 있는 건 아니지?"

괜한 오지랖일지도 모른다. 그냥 카드를 쓰다 보니 그렇게 됐고 다음 주에는 바로 갚겠다고 했다. 다음 주에 바로 갚을 수 있는 돈을 나에게 빌린다는 것 자체가 모순이었다. 굳이 더 이상 대화를 할 의미가 없어 보였지만 마지막 제안을 했다.

"네가 돈이 필요하면 우리 동네에 와서 내 차를 깨끗하게 청소하던가 뭔가 노동의 가치를 보여주면 10만 원 줄게. 어때? 꿀이지?"

대답이 없었다. 노동을 하기는 싫고 돈을 빌리고는 싶고. 못된 인성을 가진 이 아이와는 더 이상 대화를 하고 싶지 않아 공개 처형을 결심했다. 이 아이가 돈을 빌려 달라고 이야기 한 내용을 사진 찍어 사람들이 보도록 게시했다. `

"이 친구가 저 보고 10만 원을 빌려 달라고 합니다. 어떻게 생각하시나요?"

누군가는 마녀 사냥이라고 할지도 모르겠지만 다른 2차 피해를 방지하기 위해서는 모두에게 알려야 했다. 그 이후 사람들이 말들을 덧붙였다.

"꿀떡이 제정신이냐? 너 지난번에도 돈 늦게 줬으면서."

"모임에서 이러지 맙시다. 돈을 빌리다니?"

변명을 하기 이전에 사람들의 비난의 목소리가 커지자 얼마 못 가 제 발로 모임을 탈퇴했다. 죄송합니다 내지는 일언반구도 없이 나가버렸다. 꿀떡이는 산을 타고 싶었던 게 아니고 꽁으로 밥을 먹고 싶었던 게 아닐까?

단체 식사의 목적

관악산 산행 후 자주 가는 삼겹살집이 있다. 고기도 매우 저렴하고 반찬도 잘 나와서 사람들이 좋아하는 곳이다. 그때만 해도 코로나와 같은 상황이 없어서 20명 정도 되는 많은 사람들이 고기를 먹었고 그만큼 비용도 많이 나왔을 것이라 예상했다. 산행이 힘든 만큼 고기도 많이 먹는다.

정산에 대한 룰은 술을 마신 사람과 안 마신 사람으로 나누어서 진행 주최자가 정산을 한다. 먹은 전체의 총량을 나누다 보니 가장 많이 먹는 사람이 승리자다. 반면 많이 못 먹는 사람은 그만큼 손해였다. 그 때문에 대부분의 사람들은 미친 듯이 고기를 먹었고 인당 4~5만 원의 적지 않은 금액이 삼겹살 값으로 계산되었다.

우리 테이블에 고기를 굉장히 많이 드시던 분이 있었다. 대부분의 사람들이 마무리로 껍데기를 굽고 있었는데 1인분의 삼겹살을 추가 주문했다. 조금 불편한 시선으로 상황을 지켜보던 한 사람이 말을 건넸다.

"아니, 사람들 식사도 대충 끝난 것 같고, 이미 많이 드셨으니까 그만 드시죠?"

그 한마디로 '1인분도 더 못 먹게 하냐'와 '많이 먹었으니 자제해라'라는 두 가지 의견으로 사람들이 대립했고 문제가 불거졌다. 1인분에 8,900원의 고기를 20으로 나누면, 1,000원도 안 되는 추가 금액이 생긴다. 하지만 누군가에게는 그것이 부담일 수도 있고 형평성에 맞지 않는다고 생각했을 것이다. 그러나 나는 굳이 그런 얘기를 입 밖으로 꺼내지 않았다. 그 사람도 어찌 되었던 함께 산을 탔고 식사를 했다. 효율적인 분배와 부담에 대해 누군가는 그것이 정당하지 않다고 할 수도 있지만 내 생각은 조금 달랐다. 배부르다고 느낄 만한 포인트는 사람마다 다르다. 저 사람은 어쩌면 배가 부르지 않을 수도 있다. 문제 제기를 한 그분이 인당 금액을 계산해서 부담이 가중되는 그 모임의 정산 룰이 싫다면 원래부터 그 모임에 오지 말았어야 한다.

이번 모임은 모두가 N 분의 1로 금액을 나눈다는 사실을 인지하고 시작한 식사였는데 그 사람에게 굳이 저렇게 얘기해서 분위기를 망치고 무안한 상황을 만들어야 했냐는 것이 내 생각이었다. 하지만 나는 그 모임의 모임장이 아니었기에 의견을 내지는 않았다.

결론적으로 무안해진 그 사람은 고기 1인분을 더 먹지 않았다. 먹지 않은 것인지 먹지 못한 것인지는 사실 잘 모르겠다. 그날 함께 산을 탄 20명의 사람 중에 '모두와 함께'가 중요한 사람들이 더 많았을까? 아니면 '효과적인 식사'가 중요한 사람들이 더 많았을까?

자꾸자꾸 보고 싶어

"언니, 우리 안 본 지 너무 오래된 것 같아"라고 얘기하면 짓궂은 누군가가 얘기한다.

"야 너네 저번 주 금요일에 치킨 같이 먹었잖아. 오래되긴 뭐가 오래됐다 그러냐? 뭐 맨날 오래됐대? 여기 채팅방에 '안 본 지'라고 치면 너 이름만 수십 개야. 맨날 야호 언니 야호 언니."

음, 맞는 말인데 썩 불쾌하다. 저 망할 놈의 자식. 그냥 언니가 보고 싶었던 것뿐인데.

사실 언니를 처음부터 보고 싶어하진 않았다. 그리고 언니를 잘 알아볼 수 있지도 않았다. 처음에 언니에게 무례한 실수를 하기도 했다. 기억을 못 해서. 적어도 다섯 번은 보아야 사람을 기억하는 나는 처음 보는데 반말을 하는 야호 언니가 이상했다. 그래서 그날 같이 등산을 했던 소거기 언니한테 조심스럽지만 들릴 만한 목소리로 야호 언니의 험담을 했다.

"소거기 언니, 저 사람 누구야? 저 사람 좀 이상한 것 같아. 처음 봤는데 막 반말을 하네?"

언니가 갑자기 당황하며 생각을 곱씹는다.

"음, 너네 안 봤나? 지난주에 같이 계양산에서 봤던 것 같은데 안 봤어?"

"내가??? 내가?"라고 대답한다.

아무리 생각을 해도 생각이 나지 않는다. 도대체 언제 봤더라…….

그건 모르겠고, 야호 언니가 나랑 같은 방향이라고 해서 차를 태워 주기로 했다. 내려주는 길은 왠지 모르게 익숙했다. '아 여기 지난번에 누군가를 내려줬던 것 같은데' 하는 생각이 든다. 생각해 보니, 그 인상착의가 언니와 같다. 머리에 스쳐 간 지난번 그 '누구'가 '야호 언니'였다.

그날부터 오징어 꼴뚜기 모자 같은 걸 쓴 야호 언니를 기억하기로 했다.

똥 스팟을 찾아서

어젯밤 휴게소의 간식이 문제였을까? 뱃속이 부글부글 요동치고 있었다. 표정이 일그러지지만 티 내지 않으려고 노력해 본다. 처음 보는 사람들도 있고 약간은 서먹한 멤버 들과 함께하기 때문에 더욱이 조심스럽다. 얼굴이 노랗게 질리도록 혼자 고민을 했지만 해결 방법은 하나다.

아무리 눈알을 굴려도 괜찮은 스팟이 없다. 여섯 시간 정 도의 대청 오색 코스를 오를 때였다. 지금 해결하지 않으면 완주할 수 없음이 분명하다. 고민 끝에 사람들에게 털어놓 았다.

"사실은 화장실이 급한데 괜찮은 곳이 없네요. 죽겠어요. 이러다 꼭대기 못 올라가면 어떡하죠?"

계속 치고 올라가는 뾰족한 코스 내에는 안타깝게도 가 림막 같은 건 없었다.

나는 수줍게 불쌍한 표정을 지어 보였다. 쟤 때문에 늦어질 수도 있겠다는 불안감에 사람들은 혈안이 되어 똥 스팟을 찾기 시작했다. 한 명이 외쳤다

"찾았다!! 저기 정도면 좋을 것 같아요!!"

언제 우리가 이렇게 열정적으로 단합이 되었던가. 별로 안 친했던 그분이 가족같이 친밀해지는 순간이었다. 많은 작은 옹가 무더기들이 5개나 있던 제대로 된 곳이었다.

일을 치른 후 나의 세상 밝은 표정. 그리고 완봉.

대모산의 백구

대모산 초입에 묶여 있는 백구는 안 씻는지 매우 더럽고 말랐다.

"거 사장님, 강아지 밥 좀 주세요. 백구한테 제가 다음에도 밥 줬는지 확인하러 올 거예요."

얼마 뒤 먹을 것을 가지고 가니 꼬리를 흔든다. 예쁘긴 한데 안쓰럽다.

"안 챙겨 주면 또 말라갈 텐데……."

속상한 마음에, 언니는 단체 카톡 방에 화를 쏟아낸다.

"애들아, 대모산에 백구가 있는데, 주인이 밥도 안 주고 말이야……. 어휴 불쌍해서."

그렇게 밥을 몇 번 챙겨주던 언니는 임신과 출산으로 대모산에 자주 못 가게 되었다.

눈이 오는 어느 날. 밥은 먹고 있을까 백구가 문득 궁금하다. 인터넷으로 육포 하나를 주문한다.

+

소고기 육포는 빠르게 집으로 배송되었다.
마음은 백구에게 있었지만 혀는 간사했다.
딱 한 개만 먹어 봐야지.

그렇게 그냥 내가 다 먹었다.
미안하다 백구야.

5부

불꽃은 아픔을 태운다

사람의 아픔은 사람으로

"이혼이 이뤄낸 심장이 타 들어가는 고통에……."

정확하게 모든 내용이 생각나진 않지만 본인의 아픔을 극적으로 표현해 낸 시라고 했다. 영국식 발음을 자랑하고 싶었던 후랑크님은 영어로 시를 읊었다. 진지하지만 긴 시에, 같이 있던 엄마는 거의 졸다시피 했다. 닉네임 '후랑크'님을 실물로 접한 지 불과 한 시간이 채 되지 않는 시간이 흘렀을 때였다.

코로나 상황 때문에 산행 인원을 최대 4인으로 인원수를 맞추어 진행하는 날이었다. 황금산 등산은 많은 사람들이 가고 싶어했는데, 인원이 차서 4명으로 마감된 산행이었다. 그런데 함께 가기로 했던 한 명이 갑작스러운 차량 고장으로 올 수 없는 상황이 되었다. 3명이서 가는 것보다는, 1명을 빠르게 충원해서 가는게 좋겠다는 판단이 섰다.

"어제 가고 싶다던 후랑크님, 똑똑, 안 주무시면 지금 나오시죠. 제가 픽업 가겠습니다."

"네, 가겠습니다. 어디로 가면 되나요?"

새벽 5시가 조금 넘은 시간이었지만, 이미 몇 명의 다람쥐 사람들이 깨어 있었다. 일부는 산행에 가는 사람도 있었고, 일부는 아침밥을 차려 먹기도 했다. 후랑크 님은 일어나서 이제 막 새벽 기도를 마쳤다고 했다. 아직 한 번도 만나보지 않았던 사람이다.

바로 동선을 확인하여 적절한 중간 지점에서 30분 후에 보기로 약속했다. 이른 새벽이라 지하철역 근처에 차를 대고 정차하기에도 어려움이 없었다. 조금 둘러보자 후랑크님으로 추정되는 한 사람이 눈에 띄었다. 큰 덩치에 맞지 않는 작은 크기의 백팩을 멘 사람이 지하철역 앞에서 어정쩡하게 서성이고 있었다. 젊어 보이려는 노력의 의지가 모자에서 드러나는 것 같았다. 닌자 거북이가 존재한다면 저런 형태가 아니었을까라고 생각했다.

덩치가 큰 탓에, 옆에 타고 있던 엄마가 뒷좌석으로 옮겨 자리를 양보해 주었다. 옆자리에 앉은 후랑크 님은 초면인데도 과할 정도로 말이 많았다. 만난 지 1시간이 채 되지 않아 우리는 제법 친해졌고, 운전하고 가는 동안 대화를 많이 나누었다. 초면인데, 후랑크님은 본인이 이혼했다고 한 시간 만에 다섯 번 정도를 얘기했다. 별로 알고 싶지 않은 정보였는데, 군이 본인께서 직접 계속 강조를 했다. 미루어 짐작컨대 이혼이 그 사람에게는 엄청난 고통이고 아직은 해결해야 할 당면한 문제인가 보다 싶었다.

이혼의 고통이 너무나 힘들다는 얘기와 왜 이혼했는지, 이혼을 극복하기 위한 시도 썼다고 강조했다. 외국에서 오래 생활했다고 자신을 소개한 후랑크 님은, 본인이 지은 영어로 된 시를 읽어주고 싶어했다. 듣고 싶거나 궁금하진 않았는데, 부끄러워하는 척 자랑하고 싶어하길래 시를 들어주기도 했다.

차 안에서는 후랑크님이 참 재미있는 사람이라고 생각했지만 산 타는 동안에도 쉼 없이 이야기를 멈추지 않아 버겁게 느껴지기도 했다. 그는 너무 말이 많았다. 그 외에도 '내로남불'의 고집스러운 성격에다 본인도 못 지킬 것들에 대해서 옆에 있는 사람들을 지적하며 괴롭히는 것 또한 특징이었다.

'운동을 많이 해야 돼요 어머니! 규칙적으로 중강도의 운동을!'

'어머님~다음 주에도 또 나오시죠?'

그는 평소에 운동을 하지도 않으면서 처음 본 우리 엄마한테 운동을 하라 말라하는 것이 약간은 황당했다. 원래는 내 옆에서 계속 나를 괴롭히다가 안 받아주니까 우리 엄마까지 괴롭혔다. 5분 전까지만 해도 이런 상황의 반복이었다.

'대장님, 핸드폰! 핸드폰 하면 안 돼요 걸어가면서."

10분 뒤, 나는 그가 핸드폰을 하는 것을 발견하고는 똑같이 지적했다.

"나보고 핸드폰 하지 말라고 해 놓고는 본인이 하고 있네요?"

나에게 지적당해 당황한 후랑크님은 다른 소리를 하기 시작했다.

"교회 가야 해요 교회, 교회 좋아요!"

무교인 내가 대답했다.

"저는 그냥 지옥에 갈 거예요."

"교회 가야 해요, 교회. 그래야 천국에 가요!"

다시 이야기하는 그의 이야기에 잠깐 욱 하는 성질이 올라와서 조금 짜증을 냈다.

"아…… 내 맘이에요, 거 참, 되게 사람 괴롭히네. 내 인생에 이래라저래라 하지 마요."

이 사람은 나쁜 사람은 아니고, 그냥 그런 성격인 듯 하다. 그 이후에도 산에 자주 오지만 아직도 저 성격은 그대로다. 사람들은 후랑크님을 귀엽게 봐주고 있다. 미워할 수 없는 아기 후랑크님.

Where is alpha male?

"나는 알파 메일(Alpha male)이야! 알지? 가장 센 수컷이라고!"

후랑크 님이 묻지도 않았는데 또 쓸데없이 자신을 과시한다. 팔 굽혀 펴기를 다섯 번 정도 하더니 약간은 펌핑되어 있는 팔뚝을 보여주기도 했다. 후랑크님이 이렇게 본인 자랑을 해 대는 것을 백 번 정도 겪었기 때문에 그러려니 하고 코웃음 쳤다. 아랑곳하지 않고 후랑크님은 계속 깐족대며 말을 이어간다.

"야! 마녀! 너 내가 설악산에서 물 들어주면 뭘 해줄 거냐? 대가가 있어야 물을 들어주지! 오빠라고 부를 테냐?"

'오빠는 무슨'이라고 속으로 생각했지만 한 편으로는 도움이 필요할지도 모르겠다는 생각이 들었다. 18km의 긴 여정을 지금의 체력으로 잘 갈 수 있을지 의문이라 더더욱 그랬다. 며칠 뒤, 사람들과 설악산에 가기로 했다. 날이 좋은 10월 초. 살짝 물든 아름다운 단풍과 청아한 설악의 경치를 즐기기 좋은 시즌이다.

당시 나는 어깨 탈골 수술 이후에 재활 중인 상황이었 던지라 5시간 이상의 산행은 부담이었다.그러나 같이 가자 고 조르는 우리 모임 사람들의 권유에 못 이기는 척 가기로 했다. 분명히 울산 바위를 간다고 했는데 코스는 어느새 오 색-소공원의 18km 코스로 변경되어 있었다.

체력이 약한 것을 잘 알았기에 다른 사람들보다 한 시간 일찍 선발대로 종근당과 함께 출발했다. 오색 코스는 몇 번 이나 갔던 익숙한 곳이었기 때문에 힘은 들었지만 무섭거나 불가능하다고 생각진 않았다. 종근당과 여러 이야기들을 나누며 등산한 지 두 시간이 넘었을 즈음 다른 사람들에게 따라 잡혔다. 굴욕이었다. 고무적인 것은 그때까지도 후랑 크는 보이지 않았다는 사실이다. 전화로 어디 갔냐고 물으 니 체력이 안 좋아서 천천히 온다고 했다. 어제만 해도 사람 들 앞에서 튼튼한 상체로 가슴에 힘을 주고 수컷 닭 모양을 하며 맘껏 뽐내던 그였다. 그가 안 보여서 의아해했지만 꼭 대기에서 기다리기로 했다.

대청봉의 정상은 사람이 많아 발 디딜 틈이 없을 정도였 다. 등산 시즌인 만큼 정상석 사진을 찍기 위해 40분 넘는 시간을 소비해야 했다. 하지만 우리 모두가 산을 찍고 간식을 먹을 동안에도 후랑크는 코빼기도 보이지 않았다. 중청 대피소에 다다라서 각자 가져온 식사를 할 때가 되어서야 후랑크는 그 모습을 드러냈다.

"어우 나 죽을 것 같아, 열나. 피버. 글리코 로우~ 걸을 수가 없어."

후랑크가 오자마자 영어로 자신의 아픔을 설명했다. 결론은 본인이 알 수 없는 질병에 걸려 열이나고 다리를 움직이기 어렵다는 이야기였다. 그러자 듣고 있던 밤비가 소리를 질렀다.

"한한 시마 이 새끼야! 엄살은! (한국 사람이면 한국말로 해 시XX마)"

약간은 시무룩해진 후랑크는 대뜸 물을 달라며 다른 인원에게서 물을 얻어 갔다.

"플루에 걸린 것 같기도 해요. 피버가 있어요, 열. 머리에 열나! 진짜야. 만져봐!"

덩치가 큰 후랑크 님은 어울리지 않는 애교 섞인 목소리까지 내며 아기같이 행동했다. 머리를 살짝 만져보던 사람들이 그 정도의 열은 오늘 같은 산행을 한 사람이라면 누구나 있는 수준이라고 응수했더니 조금 조용해졌다. 후랑크의 입에 몇 조각의 육포를 넣어주자 자신에게는 싸구려 음식만

준다며 불만을 토로했다. 이제 좀 살만한가보다 싶었다.

시간을 조금만 지체하면 금방 해가 져서 위험할 수 있기 때문에 식사를 빠르게 마치고 하산을 시작했다. 하산은 선발대도 후발대도 모두 함께한다. 총 10km가 넘는 거리를 두 다리로 내려가야 한다. 10km 면 1시간에 2km씩으로만 계산해도 5시간이 걸린다. 조금 울퉁불퉁한 바위들을 만난다면 그 시간이 더 늘어날 수 있고 휴식시간도 고려해야 한다. 중청 대피소를 넘어서 보이는 절벽 바위산들을 보면서 내려가는 코스는 아름답다. 그 경치에 취해 첫 두 시간 정도는 다리가 아픈지 모른다.

처음 하산 길에서는 후랑크와 출발을 같이 했다. 어차피 나는 조금 기다려 주면서 호의를 베풀 마음도 조금은 있었다. 하지만 5분 정도 같이 내려가니 여유가 생긴 후랑크는 또다시 빈정거리는 말투로 이야기했다.

"마녀야, 오빠라고 불러봐 옵. 빠."

기다려 주고 싶던 마음이 싹 가셔 버렸다.

원래 후랑크 님이 나보다 나이가 많긴 했다. 하지만 영국 남자라고 본인을 강조하는 그가 나와 친구를 하기로 했기 때문에 '오빠'라고 부른 적은 한번도 없었다. '오빠'라고 부르는 것은 그냥 좀 이상한 일이 되어 버렸다. 내 입장에서는 과한 요구를 하는 그를 그냥 버리고 가기로 마음먹고 나서 속도를 조금 올렸다. 물론 빠르게 내려간다고 해서 다른 멤버보다 빨랐던 것은 아니지만 적어도 오늘만큼은 꼴찌가 아니었다.

내려가는 길을 거듭할수록 길이 길게 느껴졌다. 오늘의 참여자 중 누군가 분명히 소공원 코스가 '완만'하다고 했는데 도대체 완만한 길은 언제 나오는 것인지 갑론을박이 이어졌다. 그 누군가에 해당하는 사람은 이미 훨씬 우리를 앞질러 가 있었기 때문에 전화를 걸어 따져 묻기로 했다. 도대체 완만한 길이 언제 나오냐고 씩씩 대자 그가 답변했다.

"내가 해 줄 수 있는 얘기는, 너희가 무사히 내려오길 바란다는 거야. 사실은 20년 전에 탔던 산의 기억이야. 미안하게 생각한다."

결코 완만하지 않은 설악의 소공원을 내려가는 동안 어여쁜 꽃들도 있었고 맑은 물이 흐르는 계곡도 있었다. 멋진 폭포도 종종 보였지만 그런 것들은 전혀 눈에 들어오지 않았다. 물도 떨어져 가고 발바닥은 아팠다. 점점 시간이 늦어져서 곧 해가 떨어질 것만 같은 시간이 되었다. 속도를 내어 해가 거의 떨어질 때가 되어서야 겨우 하산을 마무리했다.

그때까지도 후랑크는 하산을 완료하지 못했다. 날이 어두워져오니 우리는 조치를 취해야 했다. 그런데 후랑크는 어떤 80대 할아버지와 함께 내려가고 있다며 우리보고 먼저 숙소에 가라고 했다. 그 할아버지가 양갱도 주고 재미난 이야기도 해 주시는 좋으신 분이라는 이야기도 덧붙였다. 천천히 내려가면 밤늦게 면 하산을 할 수 있을 것 같다고. 그러면 택시를 타던 뭘 하던 알아서 숙소까지 가겠다고 이야기했다. 아침만 해도 거만하게 자기 팔뚝과 허벅지를 만져 보더니…… 하산도 못하고 그 꼴이 우스웠다. 게다가 80대 할아버지에게서 양갱을 받아 먹는다니.

우리가 숙소에 도착하고 씻고 바비큐를 준비하는 21시까지도 후랑크는 내려오지 않았다. 다시 전화를 걸어 물어 보니 그 80대 할아버지도 계속 기다려 주시다가 결국 챙겨 주기를 포기하고 내려가셨다고 했다. 본인은 도저히 오늘 안에 하산을 완료할 수가 없어 산악 구조대의 도움과 배려로 대피소에서 하루 묵기로 했다고 한다. 언제 또 그렇게 비벼서 대피소에서 라면도 얻어먹고 숙소까지 얻었는지는 모르겠지만 생존에는 문제가 없어 보였다.

그날 밤 나는 승리에 도취해 평소에 잘 마시지도 않은 막걸리를 두 병이나 비웠다. 평소에도 후랑크가 얄미운 구석이 많았는데 쌓였던 체증이 날아가는 기분이었다. 최소한 1년 동안은 '설악에서 있었던 일'로 놀릴 수 있다는 생각에 신이 난다. 그가 다치지 않았고 잘 비벼서 생존하는 데 문제가 없어 다행이란 생각은 접어 두었다. 조금만 다른 사람들을 배려하고 말을 예쁘게 했으면 이렇게 신나지 않았을 텐데⋯⋯. 승리감과 막걸리에 취한 밤이었다.

알파 메일은 개뿔!

악귀야 물러나라

"악귀가 있어 악귀봉인가 하하"

어깨가 빠지기 2분 전에 했던 말이다. 진짜 악귀가 있어
그랬는지는 모르겠지만 결과적으로 어깨가 빠져 루프를 타
고 헬기를 타는 끔찍한 경험을 해야 했다. 하산 길에 미끄러
지지 않으려고 나무를 잡았을 뿐인데 어깨가 빠져버렸다.
습관성 탈골의 비애다. 우스갯소리로 타고 싶다고 했던 '헬
기'를 타는 경험이 썩 좋지만는 않았다. 2021년 7월, 사람들
과 신나게 온 곳, 홍성 용봉산에서.

도착한 구급 대원 중 한 명이 나에게 헬기가 올 수 있는
평편한 곳까지 이동할 수 있는지를 물었다. 다친 곳은 어깨
한 곳. 누가 봐도 내 허벅지는 튼실했다. 구급대원은 내가
걸을 수 있겠다고 생각이 들었던지 내게 걸어보라고 했다.

"걸을 수 있을 것 같은데 걸어 보세요. 헬기가 오는 곳까

지 300m만 올라가면 돼요. 올라가셔야 합니다. 저희가 도와 드릴 거예요. 다리는 멀쩡해 보이는데.”

어떻게든 이동은 해야 했다. 정신과 다리가 멀쩡한 나에게 ‘들 것’은 사치였나 보다.

주변의 구급대원들이 내 주변으로 다가와 붕대로 나를 미이라처럼 돌돌 감았다. 이동할 때 어깨가 흔들리는 것을 방지하기 위해서였다. 그다음엔 네 명의 구급대원들이 한 발 한 발의 이동을 도왔다. 이동을 돕고 다치지 않게 도움을 하는 것은 그들의 몫이었지만 신체적 고통과 메스꺼움, 정신적 고통은 나의 몫이었다.

머리 위에는 헬기가 떠있었다. ‘두두두 두두두’ 헬기 소리는 나에게 ‘빨리 타라’고 소리치는 것만 같았다. 전쟁 패배국의 포로가 끌려가면 이런 모습일 것이다. 헬기 바람은 몸을 휘청거리게 할 정도로 거셌다. 구급대원들은 일부 구역에 바리게이트를 치고 안전을 목적으로 일반 사람들이 헬기 근처에 가까워지는 것을 막았다. 사람들은 조금 떨어진 곳에서 하늘에 떠 있는 헬기와 나의 노예 사역을 핸드폰에 담았다.

헬기를 타고 올라가는 과정도 순탄치 않았다. 조끼를 입으라고 한다. 어깨가 빠졌는데 조끼를 입으라 하다니. 고통 때문에 욕이 나왔지만 애써 삼켰다. 나 때문에 헬기와 구급

대원, 많은 사람들이 고생하니 빠르게 움직여야 했다. 조끼를 입으니 다급히 어떤 고리를 몸에 걸었다.

어떤 남자가 헬기에서 '슉'하고 내려와서 고리와 헬기를 잇는 선을 연결한다. '올라갑니다!'라는 소리와 함께 나를 물고기 낚시하듯 채갔다. '붕'하는 느낌과 함께 산이 발아래에 있다. 어질어질 무서워 눈을 꼭 감았다. 나는 애벌레 고치처럼 대롱대롱 매달려서 하늘을 조금 날다가 곧 헬기 속으로 '쏙'하고 들어갔다. 내가 생각했던 '재미'나 '안전'이라는 단어와는 거리가 먼 탑승 방식이다. 신선했지만 무섭고 끔찍하고 고통스러웠다. 다신 하고 싶지 않은 경험이다.

낯선 도시 홍성. 어느 응급실에 도착했다. 무마취 상태에서 접골을 하는 고통에 또다시 별을 보았다. 접골을 하고 나서는 모든 것이 정상화되었지만 어그적거리는 어깨로 생활이 불편했다. 산은 앞으로도 타야 하고 헬기는 타기 싫고. 무언가 특단의 조치를 해야겠다는 결심이 섰다. 그동안에는 '재활'을 해야 한다는 것이 뭔가 장애인이 되는 것 같은 기분이 들어 계속 피해왔지만 이제는 수술을 할 시점이 된 것 같았다.

그렇게 어깨가 빠진 지 얼마 지나지 않아 어깨를 수술했다. 수술 후의 고통은 힘들었지만 그것보다 힘든 것은 마음이었다. 입원실에 있는 그 며칠 동안 누워있어야 하는 나 자신이 불쌍했고 평범한 일상을 갈망했다. 퇴원한 이후에도 하루의 반나절 이상은 지속되는 통증으로 조심해야 했지만 계양산이 너무 보고 싶었다. 벌써 못 본 지 오래된 것 같다.

수술 후 일주일 뒤, 어깨 보조기를 한 채로 계양산에 올랐다. 전신 마취로 떨어진 체력에 속도는 늦었지만 계양산을 다시 오를 수 있어서 기뻤다. 1시간 반이면 다녀오는 코스를 소화하는 데 2시간이나 걸렸다. 계양산을 시작으로 다른 산들도 다시 타기 시작했다. 의사 선생님은 자제하라고 했지만 나를 아무도 막을 수 없었다.

회복이 더뎌서 못 갈 것 같던 용봉산을 지난 10월 드디어 다시 찾았다. 수술을 한 지 3개월 만이다. 다시 밟은 용봉산에는 어깨 빠졌던 날 함께 갔던 몇 명의 멤버와 동행했다. 어깨가 빠졌던 그 장소에 도착하기 직전까지는 알 수 없는 두려움에 심장이 콩닥거리고 숨도 가빠졌다. 그날의 두려움이 다시 전달되는 느낌이다. 용기를 내어 악귀봉에서 몇 발을 떼자 그때 그 나무가 보였다.

실제로 맞닥뜨리니 그 나무는 별것 아니었다. 이런 평범한 나무에 팔을 헛 짚어 어깨가 빠졌다는 것도 우스운 일이 되어 버렸다. 사진 몇 방을 찍고 내려오니 허탈한 기분이 살짝 들었다. 그러나 산행 후 기다리고 있는 닭백숙…… 언제나 꿀맛이다. 곧 배드민턴도 칠 수 있고 그동안 못 했던 모든 것을 할 수 있을 것만 같다. 무적이 된 것 같은 느낌까지 든. 또다시 오만함이 나를 위험에 빠뜨릴지도 모르지만 일단 몸에 붙은 악귀는 쫓아낸 것 같다. 어깨 탈골이여 영원히 안녕.

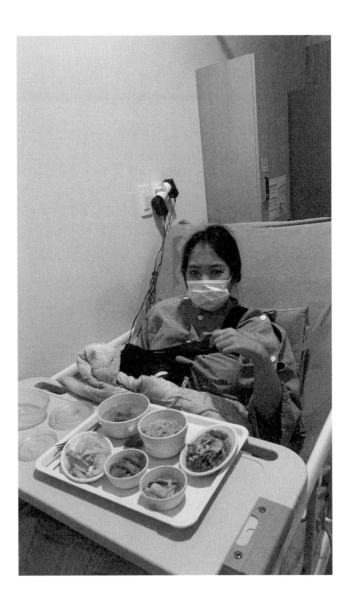

원래 취미는 마라톤

"수나노 씨의 취미가 여기, 마라톤이라고 적혀 있는데 왜 취미가 마라톤이죠?"

지금은 6년 차 고인물인 나에게 지금의 보스님이 첫 면접 때 물어보셨던 질문 중 하나다.

그리고 내가 대답했다.

"마라톤은, 제 자신의 신체가 정상적으로 활동하고 있는지 현재의 건강 상태와 체력 상태를 정확하게 알 수 있게 해줘서 좋아요. 그리고 온전히 제 다리로 가야 하는 나와의 싸움이라는 것도 마음에 들고요."

그 이후 나는 회사에 입사해 열심히 그리고 재미있게 일을 하고 있었다. 어느 목요일 오후, 나의 상사가 갑자기 면담을 하자고 한다. '무슨 얘기를 또 하려고 무게를 잡으시나?' 하고 지레 겁을 먹은 나는 어리둥절한 표정으로 면담에

응했다.

"이번 주 일요일, 당장 캐나다에 출장을 가셔야겠어요."

'분명 마라톤 좋아한다고 했고 다음 주에 마라톤 한다고도 했는데' 속으로 생각했지만 알겠다고 대답하며 눈을 껌뻑였다. 오는 일요일은 친구들과 함께 유명한 마라톤을 하기로 한 날이다. 무려 거금 5만 원을 들여 참여하는 마라톤이며 그것을 한 달 넘게 기다려왔다. 그런데 지금 회사에서 갑자기 나보고 캐나다 출장을 가라 한다. 으악! 5만 원을 통으로 날려야 하고 환불도 안 되는 상황은 슬펐다. 친구와 고대해온 약속을 어기는 것도 싫었다. 하지만 어쩔 수 없다.

응당 출장은 가야 했다. 하지만 날려 버린 마라톤은 비극이었다. 마라톤은 '그날의' 이벤트였기에 미룰 수 있는 것이 아니었다.

그 이후에도 급작스러운 출장이 몇 번이나 마라톤을 집어삼켰다. 이제 마라톤은 그만.

산이 찾아준 자유

정말 산이 나에게 취미가 된 것은 어떤 남자 친구와 헤어지고 난 후의 시점이었다. 짧은 옷 하나 마음대로 입지 말라고 하던 권위 주의자. 단체 회식을 한다고 하면 '중년의 남자와 술 마시는 것이 그렇게 좋냐' 던 그 사람.

지금 생각해 보면 마음이 여유롭지 못하던 그로부터 '가스 라이팅'을 당했던 것 같다. 취미를 가지면 '남자를 꼬시러 취미를 가지냐'라며 반감을 드러내던 그 사람 때문에 동호회를 가입하거나 단체 활동을 한다는 것은 상상도 못했던 때가 있었다. 그로부터 벗어난 어느 가을날. 지난날들을 마음으로 되새기며 밤낮으로 괴로워하던 때였다.

벽으로 막혀 있는 아파트의 답답함은 산에서 맡았던 흙냄새와 바람을 그립게 했다. 시장에서 사 온 고구마를 씻을 때 딸려 온 그 자연의 흙냄새. 그것이 그리워 찾아간 계양산

둘레길을 걸으며 만나는 나무들에게 심중의 복잡함을 덜어 냈다. 산에서 나오는 정기 때문이었는지 자연의 치유 능력 때문이었는지 마음엔 평화가 찾아왔다. 다리는 내 의지대로 움직였고 가고 싶은 곳은 얼마든지 갈 수 있었다. 나는 자유로웠다. 그렇게 산에 있는 시간이 많아지며 자연스럽게 사람들을 만나게 되었다. 나를 조심스럽게 대하며 존중해 주는 그 사람들이 이상하게 느껴지기도 했다.

"그 학벌에 네가 무슨 공부를 열심히 했다고 그러냐?"

"그 연봉에 언제 돈 모아 결혼하냐?"

"너하고 내가 뚜벅이로 여행 다녀야 하는 것은 차가 없는 너 때문이다."

그런 전 남자 친구의 가시 돋친 말들과는 대비되는 따뜻한 말을 건네는 사람들. 이 사람들의 친절이 가짜는 아닐지에 대한 의심도 한편으론 들었지만 그래도 이제는 다시 즐겁게 자유롭게 살아갈 수 있을 것 같은 용기가 생겼다.

따뜻하던 자연의 냄새가 몸에 스며들어 치유가 되는 것 같았다. 산이 계기가 되어 새로운 사람들을 만나고 어떤 모임들에 가입하면서 잃고 있었던 용기가 생겼다.

'그동안 구박받던 것처럼 내가 인생을 엄청나게 잘못 살고 부족한 사람은 아니었구나.'

헤어짐은 아팠지만 해방감과 자유는 달콤했다. '나다움'

을 잊고 있던 나는 몇 년 만에 인생을 비로소 되찾았다. 나를 되찾은 2019년. 그 한 해는 지금까지 살아온 인생 중에 가장 행복한 한 해였다.

내일 지구의 종말이 올지라도

'아 회사 가기 싫다, 오늘은 그냥 차에 치어서 병원에 누워 있고 싶다'라는 무책임하고 무시무시한 마음가짐을 가진 적이 있다. 그러나 실제로는 그런 일은 일어나지 않을 것이란 확신이 있었다. 그런데 그 문장을 말로 내뱉은 한 달 뒤, 내가 원했던 대로 나는 입원실에 누워 있었다. 수술대에 올랐을 때에는 그렇게 지껄였던 입을 꿰매어 버리고 싶기도 했다.

"수나노 씨죠? 큰 병원에 가 보셔야겠어요."

짧은 한 통의 전화로 큰 병원에 가서 다양한 검사를 받고 자궁에 암이 있다는 것을 알았다. 청천벽력 같은 이야기였다. 만감이 교차했지만 제일 먼저 걱정되는 것은 다음 단계들이었다. '연차를 며칠이나 내야 할까? 일정이 틀어지면 어떡하지?' 하는 일정과 관련된 생각들이었다. 수술과 입원으로 인해서 일정이 바뀌는 것이 스트레스였다. 한 편으로는 암이 있다는 내 몸 상태를 걱정하기보다 내 회사 스케줄을 생각해야 하는 나 자신이 불쌍하기도 했다. 건강이 더 중요하다고 나 자신을 다독여야 했다. 원래부터 자궁이 별로 좋지 않다는 것은 어느 정도 알고 있었다. 바쁘다는 평계로 병원을 가지 않은 내 잘못이다. 가끔 갔던 동네 산부인과의 무능함이 원망스럽기도 했다.

검사 결과를 확인하니 일단은 어느 정도 도려내 보아야 알 수 있다고 한다. 간단한 수술을 하기로 했지만 연차를 내야 하고 스케줄에 지장이 생기는 것이 너무 싫었다. 회사도 회사지만 나의 평범한 일상이 틀어지는 것이 싫었던 것이다. 조금은 지겨울 때도 있던 나의 일상. 일상이 파괴되고 사건 속으로 들어간 순간 비로소 일상의 소중함을 깨닫는다. 일상에 젖어 그것의 소중함을 잃어가는 즈음 그것을 깨닫도록 새로운 사건을 겪을 때가 되었나 보다.

수술을 하고 입원실에서 하루 종일 누워 있었다. 입원실에 있으면 그동안 읽고 싶었던 책도 읽고 인터넷 서핑도 쉽게 할 수 있을 것 같았다. 하지만 실제로는 너무 아프고 무기력해서 아무것도 할 수 없는 산 송장 같은 나를 마주했다. 사회적으로 배제되어 있는 나는 그저 병원 안 환자일 뿐이었다.

'오늘은 나 없이 회사가 나 없이 잘 돌아가고 있나'가 궁금해서 핸드폰으로 회사 이메일을 뒤적였다. 생각 이상으로 모든 것은 잘 돌아가고 있었다. 잘 돌아가는 세상과 건강한 사람들에 질투가 났다. 밖의 화창한 날씨도 원망스럽다. 생각보다 병실은 평온하지 않다. 아픈 몸을 누빌 작은 공간은 시간 때우는 용도다. 우리 다람쥐 사람들은 나 없는 동안 계양산 야간 등산도 가고 북한산도 간다. 나 혼자 이러고 누워 있으니 이건 휴식이 아니고 고역이다.

퇴원하는 다음날 강원도에 있는 용화산 산행 약속이 있는데 취소해야 하나를 고민했다. 산을 타면 아프긴 하겠지만 죽을 것 같진 않았다. 누군가는 무식하다고, 몸을 안 챙긴다고 비난할 수도 있겠지만 산에 안 가는 게 나에겐 더 아픈 일이다. 역시 약속을 취소하지 말고 산에 가야 한다는 결론이 났다. 전쟁이 나거나 내일 죽는다고 해도 내 결정은 변하지 않을 것 같다. 설령 로또에 당첨되더라도 나는 약속대로 산에 갈 것이다.

결국 퇴원 후 다음 날 산행을 했다. 신체적 고통보다 더 싫었던 것은 일상에서 벗어나 휴식을 취해야 하는 환자의 모습으로 있는 것이다. 아직 수술 부위가 아물지 않아서 피가 나는 상황에도 약속은 지켜야 했다. 건강에 대한 나 자신과의 약속 그리고 같이 가기로 한 사람과의 약속.

일상의 소중함과 자아를 지키기 위해선 항상 의지가 필요하다. 모든 것은 의지의 문제다.

소액 투자로 부자 되기

일상이라는 스트레스에 찌들어 가끔 연차를 내고 계양산에 갈 때가 있다. '연차를 내고 또 계양산이냐'고 하는 사람들도 있겠지만 그렇다. 또 계양산이다. 하지만 평일에 야간 등산으로 가는 것과 연차를 내고 가는 계양산의 느낌은 확연히 다르다. 남들 출근하는 07시에 계양산의 숲을 거니는 상쾌함은 이루 말할 수 없다. 직장인이라는 굴레에서 벗어난 듯한 자유로움.

"세상의 직장인들이 매연을 맡으며 일터로 가는 이 시간, 오늘 하루만큼은 나는 계양산에서 숲 내음을 맡고 있다!"

기분이 째진다.

집에서 준비해 온 사과를 정상에서 오물거리며 멍을 때린다. 혼산의 즐거움. 멍을 몇 분을 때리던 내 자유다. 식어버린 땀이 차갑게 느껴질 때쯤 하산한다.

하산하면 또 다른 즐거움이 기다리고 있다. 팔천 원에 입장이 가능한 집 근처 목욕탕이다. 목욕탕에 가면 나는 샤워를 하고 열탕에 들어간다. 5분이 지난다. 덥다. 그러면 다시 온탕으로 들어간다. (온탕과 열탕은 붙어있다.) 미지근하다. 목을 눕히고 천장을 본다. 알록달록한 유리 타일들이 예쁘다. 물방울이 맺힌 것도 구경한다. 이따금 물방울이 커져 이마에 톡 하고 차갑게 떨어지면 깜짝 놀라기도 한다. 다시 미지근함이 질려 열탕에 간다. 덥다. 온탕에 간다. 열탕에 간다. 이를 한 다섯 번 반복하면 조금 졸려진다.

조금 더 사치를 부려 보기로 한다. 몸의 물기를 닦고 보관함에서 꼬깃꼬깃 현금을 꺼낸다. 이만 원. 가격이 예전보다 많이 올랐다. 세신사 분들도 먹고 살아야겠지. 현금과 열쇠를 맡기고 내 차례를 기다린다. 다시 열탕과 온탕을 왔다 갔다 한다. 터줏대감으로 보이는 어떤 아줌마가 신기한 듯 쳐다보지만 개의치 않는다. 미지근한 물에서 또 머리를 대고 천장의 타일 색상을 구경하다 깜빡 잠이 들었다.

"127번 손님!"

내 차례다. 즐거운 때밀이 시간. 쓱싹쓱싹. 세신사 아주머니의 손맛은 오늘도 좋다.

"탁탁!" 소리와 함께 몸을 뒤집는다.

앞뒤로 깨끗이 쓱싹쓱싹. 초록 국수들이 줄줄이 나온다.

시원하다.

가볍지만 시원한 머리 마사지까지 마무리로 해 주신 세신사 아주머니께 감사의 말씀을 전하고 나온다. 속옷 바람으로 습하지만 따뜻한 목욕탕 실내에서 조금 더 있을 거다. 텔레비전에선 아무 생각 없이 웃을 수 있는 프로그램이 나온다. 그러든지 말든지 핸드폰으로 인스타그램을 뒤진다. 모르는 사람이 팔로우를 했다.

"땡땡 엄마의 하루 10분 투자하고 부자 되기!"라는 프로필이 뜬다.

"소액 투자로 부자 될 수 있어요. 옹홍홍!"라는 문구도 쓰여 있다. 아기 사진들과 돈다발 사진 그리고 멋진 포르쉐를 탄 예쁜 여자 사진들이 가득하다.

갑자기 마실 것이 당긴다. 바나나 우유를 하나 시켜서 노란 빨대를 꽂아 마신다. 고소한 우유의 맛과 달콤함이 어우러져 따뜻한 몸 안을 관통하는 느낌이 나쁘지 않다.

땡땡 맘을 차단하는 엄지가 움직인다. '하루에 3만 원 정도 투자해서 자유의 영혼을 충전한 내가 부자지. 소액 투자로 부자는 무슨. 개뿔'이라고 혼잣말을 한다. '쪽쪽! 빨대 소리가 바나나 우유가 바닥났음을 알린다. 시계를 보니, 아직 오후 한 시가 채 되지 않았다. 정말 완벽한 하루다.

북한산 백운대 지킴이

북한산 일출 사진으로 도배하는 인스타그램 친구 한 명이 있다. 매번 같은 장소인 북한산의 최고봉 꼭대기에서, 떠오르는 빨간 태양과 함께 사진을 찍어 올린다. 가끔은 날이 흐린 곰탕이라 태양이 보이지 않는 날도 더러 있어 보였다.

만나 본 적도 없는 그 분과는 인스타그램 친구를 한 지 몇 년 정도 된 것 같다. 언제 왜 서로의 SNS 친구가 되었는지는 기억이 나지 않는다. 심지어 일면식도 없는 데 페이스북도 친구다. 언젠가부터는 주말 오전 SNS에 일찍이 태양과 하이 파이브를 하고 있는 그를 보는 것이 익숙해졌다. 나보다 더 아침형 인간이다.

문득 궁금했다. 왜 그가 매일같이 북한산 백운대만 고집하며 그곳을 주야장천 올라 대는지. 계양산을 가는 나와 같은 이유일지와 같은 것들이 갑자기 궁금해졌다.

대뜸 중년의 그 남자분에게 메시지를 보냈다.

"안녕하세요 잘 지내시죠? 문득 궁금한 게 생겨서요. 저는 맨날 계양산 가긴 하는데 왜 맨날 북한산에 가시는 건지 그리고 왜 산 좋아하시는지 여쭤봐도 될까요?"

정말 막무가내에 갑작스럽기는 했다. 하지만 궁금한 것은 해소해야 했다.

감사하게도 보낸 지 한 시간도 채 되지 않아 장문의 메시지 답변이 왔다.

1.   일단 잘 지내고 있습니다.

2-1. 집이 바로 근처여서요.

2-2. 평일엔 출근 때문에 안되고 주말에만 등산하는데 제가 늦게 결혼을 해서(38살) 아들이 셋인데 이제 초3(쌍둥이) 초1이라 주말엔 육아를 많이 해야 합니다. (맞벌이) 그래서 원정 산행을 안 보내 줍니다. 가기도 미안하고요.

2-3. 그러다 보니 아이들이 일어나기 전 일출 산행만 가게 되었고 북한산만 가게 되었어요.

2-4. 처음엔 다이어트 목적으로 2018년 3월 정도에 시작했는데(공복 유산소 및 하체 단련) 이젠 혼자 새벽에 일출 산행을 가는 시간이 오로지 저 만을 위한 생각을 하게 되는 시간이기도 하고 복잡한 일이나 의사 결정과 관련된 것

을 생각할 수 있는 좋은 시간이 더라고요. 그리고 가끔 힘들게 또는 춥게 오를 때면 아무 생각이 안 들어서 좋아요.

2-5. 그리고 정상에서 보는 일출 운해 등등 멋진 풍경이 주는 감동은 말 안 해도 잘 아시죠?

이상입니다.

저
녁
놀

믿음으로 다음 걸음을

산을 잘 타려면 좋든 싫든 두 다리에 나를 맡겨야 한다. 내려가는 한 걸음을 디딜 때 다리가 미끄러지지 않고 내 몸을 온전히 잘 지지할 수 있을 것이라는 믿음이 필요하다. 설령 한 다리를 헛디뎌서 살짝 미끄러지더라도 나머지 내딛지 않은 다른 한쪽의 다리가 지지대 역할을 충분히 해낼 것이라는 확신이 불안함을 없애 준다. 그 믿음이 없으면 다음 걸음을 내딛기가 어렵다.

지난 오 년 간 약 500번 정도의 산을 탔다. 일 년에 평균 100번 정도의 횟수다. 누군가에겐 많아 보이겠지만 누군가에겐 별것 아닌 횟수일 수도 있다. 그럼에도 불구하고 나는 산을 잘 타는 사람은 아직 아니다. 어떤 일이 일어날지를 두려워하지 않고 나 자신을 완전히 믿는 것은 쉬운 일이 아니다. 하산하다 발을 헛디뎌 넘어지면서 뾰족한 바위와 머리가 충돌해 그대로 즉사하는 장면이 꽤 자주 떠오른다. 영화에서 실제로 본 장면인지 내가 꾸며낸 머릿속의 잔상일 뿐인지는 모르겠다. 다시 곱씹어 보니 역시 다시 태어난다고 해도 산을 잘 타는 사람이 되지는 못할 것 같다.

가장 느린 걸음으로 가는, 산을 '못' 타는 대장을 믿고 함께 산행에 참여해 준 우리 다람쥐 원정대 사람들과 짓궂은 장난으로 요 근래 나를 두 번이나 울려 버린 숲 속 친구들에게도 감사한다. 앞으로도 나를 울릴지, 또는 웃게 만들지 모르는 많은 사람들이 함께 해 주었기에 이 책을 쓸 수 있었다. 대장이라는 이유로 우리의 모임과 맞지 않다고 퇴출되었던 많은 사람들에게도 심심한 사과의 이야기를 전하고 싶다.

'나'라는 사과나무에서 좋은 글이라는 사과가 나올 수 있도록 농부의 역할을 해 주신 최연 편집장님께도 감사드린다. 할 말 많은 욕심쟁이 작가의 마음을 헤아리며 가지를 쳐 주시기도, 가끔은 책이라는 비료를 권하며 독려해 주시기도 했다. 행복우물 출판사 덕분에 김명진 작가님과 양성관 작가님 두 분에게도 조언을 받을 수 있는 기회가 있었다. 직장인의 다소 공격적인 문체를 딱 집어 개선의 방향을 찾아 주시기도, 칭찬을 해 주시기도 했다.

이 글을 시작할 때에는 곧 되어야 할 과장이라는 자리에

구미가 당겼었다. 안정적인 직장, 마약과 같은 월급. 그 마약의 양이 증가한다는 것은 어찌 보면 즐거운 일이고, 동시에 그 마약을 끊기는 더더욱 어려워질 수 있다는 얘기였다. 문득 회사에서의 시간들이 더 많은 성취라는 인생의 재미에 발목을 잡는다는 생각이 들었다. 언젠가 다시 곧 찾게 될지도 모르는 그 마약을 끊고 당분간 대리로 남기로 했다.

시간이 흘러 무릎도가니가 덜렁거려 산에 못 가게 될 날이 올지도 모른다. 하지만 지금 이 순간 그리고 기약 없는 당분간은 계속해서 등산을 할 생각이다. 계속해 왔던 것처럼 산에서의 추억을 쌓고 또 그것들을 기록하려고 한다. 산을 타는 많은 이유들을 책에서 나열했지만, 나에게 산을 타는 제일의 이유는 산이 추억을 만들기에 가장 다양한 배경을 가질 수 있기 때문이다. 추억은 혼자 사진을 찍는 것이 아니라 함께 사진을 찍는 것이다.

함께 산을 오르는 혹은 올랐던 사람들은 초콜릿이나 사과 하나를 나누어 먹고 스쳐 지나가버린 인연들이 대부분이다. 하지만 한 달에 한 번 이상 보지 않으면 혀에 가시가 생길 정도의 소중한 친구들도 생겼다. 어설픈 와플을 구워 그저 그런 사과 잼, 싸구려 커피를 내어주는 홈파티라도 흔쾌히 응해 주는 그런 고마운 사람들 말이다.

책에 담지 못한 이야기들이 아쉬움으로 남았었다. 그것

들은 산의 능선을 거닐며 농담 삼아 이야기하고 미련을 가지지 않기로 했다. 지나 온 산에서의 에피소드에 대한 주사위는 던져졌고, 앞으로 다가올 새로운 에피소드가 남아 있으니까.

어쩌면 그저 스쳐가는 인연이 될지도 모르는 또 다른 어떤 고마운 사람들. 그들과 우연히 산에서 만나 한 조각의 주전부리를 나누어 먹을 기회가 더 많아지는 날을 소망한다.

지금 읽고 있는 여러분도 언젠가 산에서 조우할 날이 오기를 기대합니다.

2022년 여름

수나노

노대리의 정상회담   초판 1쇄 2022년 6월 8일

지은이	수나노(노선아)
펴낸이	최대석
편집	최연, 이선아
디자인1	H. 이치카, 김진영
디자인2	이수연, FC LABS

펴낸곳	행복우물
등록번호	제307-2007-14호
등록일	2006년 10월 27일
주소	경기도 가평군 가평읍 경반안로 115
전화	031)581-0491
팩스	031)581-0492
홈페이지	www.happypress.co.kr
이메일	contents@happypress.co.kr
ISBN	979-11-91384-24-6 03810
정가	15,800원

Publisher's Note

Sunano

Sunano TV

BONUS TRACK

노대리의 정상회담

옆에 들고 있는 등산 스틱은
아더왕의 엑스칼리버처럼 보였으면 하는 마음도 있었다.
"회사에서는 얌전한 무수리지만 날 자꾸 건들면
이 스틱으로 쑤셔 버리겠어!"

오서산에서 우연히 만난 소거기 국밥 언니.

우린 서로가 너무나 반갑다.

둘기엄마 까치

"정상은 왼쪽? 오른쪽?"

둘기와 친구들

"나 혼자만 미친년이 아니라서 다행이야"

**의지부스터 - '소거기 국밥' ...... 언니가 종종 하는
대표적인 말로는 '무야호 ''아시.겠.어요?'가 있다**

악귀가 있는 악귀봉에서
구조 헬기를 타는 기분이란 #@$

네가 번개를 맞으면 나는 개미가 될거야

장하은

Jang Haeun

네가 번개를 맞으면 나는 개미가 될거야

장하은

출간 즉시 베스트 셀러

불안장애와 숨고 싶던 순간들,

소심하고 내성적인 아이에서 불안한 어른이 된 이야기

네가 번개를 맞으면 나는 개미가 될거야

우울과 불안 사이, 그 너머엔…

먼 추억은 가늘게 그어진 울타 사이
로 빛을 받고 줄에 긁히기도 했다.

"
너무 좋았습니다. 방에 불을 꺼두고 침대 위에 앉아 작은 태양 같은 조명 아래 있으면 이 책만 읽고 싶은 나날들이었습니다. 읽은 페이지를 또 읽고, 같은 문장을 반복하다가, 홀로 작가님의 글을 더 보고 싶어 책갈피에 적힌 작가님의 인스타에 들어가 보았습니다. 역시나 너무 멋진 분이셨어요. 제게 책을 읽고 먹먹해진다함은 작가가 과연 어떤 삶을 살았기에 이런 글을 쓸 수 있는 걸까, 궁금해지는 것을 말합니다. _ 북리뷰어 Pourmeslivres*님
"

그럴 땐 당황하지 말고 그것도 너의 감정이라는 것을 인정해 줘.
억지로 감정을 바꾸려고 하지 말고. 그 감정에 함께 머물러주며
그대로 표현하게 해보는 것도 필요하거든.
_ 본문 중에서

Jang Haeun

* 북리뷰어 Pourmeslivres는 인스타그램에서 진솔하고 적확한 도서 리뷰를
통해 수많은 애서가들에게 호평을 받고 있다. 인스타그램 @pourmeslivres

삶의 쉼표가
필요할 때
R edition

꼬맹이여행자

퇴사 후 428일 간의
세계일주

여행에세이 1위
<삶의 쉼표가 필요할 때>
리커버 에디션으로 출시!

이 책은 우선 여행기 보다 한 권의
아름다운 에세이 같았습니다
_ munch님

출간 후 3년,
꾸준히 사랑 받는
이유가 있다

읽으면 꼭
소장하고 싶은
여행에세이

인생을 알려주고...
(가격) 더 받으셔야 합니다. 책을 읽고
첫 장부터 진짜 울 것 같다가 감동 받았다가
예쁜 말들에 엄마 미소를 짓기도하고
너무 좋은 책이였어요
_ findyourmap0625님

Jang Youngeun

세상의 차가움 속에서도 따뜻함을 발견해내는, 여행 그 자체보다 그 여
정에서 용기와 고통과 희열을 만나는 여행자의 이야기*를 읽고 나면 사
랑하는 이들에게 구구절절 말할 필요도 없이 조용히 이 책을 거네**는
당신을 발견하게 될 것이다

*이병일 시인 추천사 중에서 **태원준 작가 추천사 중에서 / YES24 리뷰 중

사진 예술 요리

뉴욕, 사진, 갤러리 최다운

"깊이 있는 작품들과 영감에 관한 이야기들"

라이선스를 통해 가져온 세계적 거장들의 사진을 즐길 수 있는 기회! 존 시르, 마쿠스 브루네티, 위도 웜스, 제프리 밀스테인, 머레이 프레데릭스, 티나 바니, 오사무 제임스 나카가와, 다나 릭센버그, 수전 메이젤라스, 리처드 애버든, 로버트 메이플소프, 안셀 애덤스, 어윈 블루멘펠드, 해리 캘러한, 아론 시스킨드. 최다운은 뉴욕의 사진 갤러들, 그리고 사진 작품들의 매력과 이야기들을 생동감 있게 전해준다.

내 인생을 빛내 줄 사진 수업 유림

"사진 입문자들을 위한 기본기부터 구도, 아이디어, 촬영 팁, 스마트폰 사진, 케이스 스터디까지"

좋은 사진을 찍고자 하는 사람이라면 누구에게나 도움이 될 수 있는 지식과 노하우를 담았다. 저자가 사진작가로서 경험하고 사유했던 소소한 이야기들도 이 책만의 매력이다. 사진을 잘 찍기 위한 테크닉 뿐만 아니라 좋은 아이디어를 얻는 방법과 저자가 영감을 받은 작가들의 이야기를 섞어 읽는 재미를 더한다.

김경미의 반가음식 이야기 김경미

"건강식에도 품격이! '한식대첩'의 서울 대표, 대통령상 수상 김치명인이 공개하는 사대부 양반가의 요리 비법"

김경미 선생이 공개하는 반가의 전통 레시피
  하나. 균형잡힌 전통 다이어트 식단
  둘. 아이에게 좋은 상차림
  셋. 몸을 활성화시켜주는 상차림
  넷. 제철 식단과 별미음식
그리고 소소하고 행복한 이야기들

● **문장**
X
문장

"손가락 사이로 미끄러지는 빛은 우리의 마음을 헤쳐 놓기에 충분했고, 하얗게 비치는 당신의 눈을 보며 나는, 얼룩같은 다짐을 했었다."
_ 이제, 『옷을 입었으나 갈 곳이 없다』 일부

"곁에 머물던 아름다움을 모두 잊어버리면서 까지 나는 아픔만 붙잡고 있었다. 사랑이라서 그렇다."
_ 금나래, 『사랑이라서 그렇다』 일부

"'사랑'을 입에 담지 말 것. 그리고 문장 밖으로 나오지 말 것."
_ 윤소희, 『여백을 채우는 사랑』 일부

● **경영 경제 자기계발**
○ 리플렉션: 리더의 비밀노트 / 김성엽
　연매출 10조 원, 댄마크 '댄포스 그룹'의 동북아 총괄 김성엽 대표의 삶과 경영
○ 재미의 발견 / 김승일 **+ [대만 수출 도서]**
　"뜨는 콘텐츠에는 공식이 있다!" 100만 유튜브 구독자와 高 시청률 콘텐츠의 비밀
○ 야 너도 대표될 수 있어 / 장보윤 박석훈 김승범 주학림 김성우
　코로나와 경기침체는 스타트업 창업 절호의 기회. 전문가들의 스타트업 성공 메뉴얼
○ 자본의 방식 / 유기선
　카이스트 금융대학원장 추천도서. 자본이 세상을 지배하는 방식에 대한 통찰들

● **인문 사회 독서**
○ 한 권으로 백 권 읽기(1~2) / 다니엘 최
　이 시대에 꼭 필요한 명품도서 300종을 한 곳에 모아 해설과 함께 읽는다
○ 산만한 그녀의 색깔있는 독서 / 윤소희
　특색있는 소설, 에세이, 인문학적 사유를 담은 책들에 관한 독서 마니아의 평설
○ 독특한건 매력이지 잘못된게 아니에요 / 모기룡
　인지과학 전문가 모기룡 박사가 풀어내는 독특함에 대한 철학적, 인문학적 고찰
○ 가짜세상 가짜뉴스 / 유성식
　가짜뉴스의 발생 원인은 뭘까? 가짜뉴스에 대한 통찰력 가득한 흥미로운 여행

● **종교 정신세계**
○ 죽음 이후의 삶 / 디펙 쵸프라 **+ [리커버]**
　죽음, 인간의 의식 세계, 영혼에 대해서 규명한 디펙 쵸프라의 역작
○ 모세의 코드 / 제임스 타이먼 **+ [리커버]**
　좌절과 실패를 경험한 이들을 위한 우주의 비밀들. 독자들의 성원으로 개정판 출시
○ 4차원의 세계 / 유광호
　우리는 어디서 와서 어디로 가는가? 우주의 에너지 정보장, 전생과 환생의 비밀들

당신의 어제가 나의 오늘을 만들고 김보민

"사랑을 닮은 사람이고 싶었습니다."

너무 뜨겁지도, 너무 차갑지도 않은 보랏빛. 그 바이올렛 향을 뿜어내는 모든 이들을 위한 글들.『당신의 어제가 나의 오늘을 만들고』에는 오랫동안 망설여왔던 고백에 대한 순수함이 있고 사랑 앞에서 세계를 투명하게 읽어내는 아름다움이 있다. 만남부터 이별의 순간까지도, 사랑에 대한 희망을 문장과 문장 사이에서 만나게 해 준다. 얼어붙었던 마음도, 힘들었던 순간들도 어느 순간 따스하게 녹아 빛나게 해주는 책이다.

너의 아픔 나의 슬픔 양성관

"재미있는데 눈물이 나는, 웃을 수만은 없는 의학 에세이"

브런치 조회 수 200만, 그리고 포털사이트와 한국일보 등에서 사랑을 받은 빛나는 의사 양성관의 거침없는 이야기들. 지금까진 상상할 수 없었던 의사와 환자들의 이야기들을, 특유의 입담으로 풀어놓는 양성관 작가를 따라가다 보면 독자들은 웃고 있다가 어느 순간 울고 있게 될지 모른다.『너의 아픔, 나의 슬픔』은 웃음이 있지만 서정이 있고 삶에서 우러난 따뜻함이 있는 의학 에세이다.

오늘도 아이와 함께 출근합니다 장새라

"오늘도 독박 육아 당첨이다. 퇴근길. 나는 다시 출근한다."

"엄마로만 살건가요? 당신은 행복해야 합니다." 알고 있다. 그러나 좋은 엄마로 살아가면서 '나'로 살아간다는 것은 말처럼 쉽지만은 않다.『오늘도 아이와 함께 출근합니다』는 육아와 직장생활을 아슬아슬하게 오가면서 평범한 초보 엄마가 겪은, 때로는 울고 때로는 웃으면서 버텨낸, 잔잔한 이야기들과 사유가 담겨 있다. 평범한 딸에서 평범하지 만은 않은 엄마를 통해 당신은 엄마와 아이들을 한층 더 깊게 이해하게 될 것이다.

삶의 쉼표가 필요할 때 꼬맹이여행자

"낯선 여행지에서 이름 세글자로 살아가는 온전한 삶을 찾다!"

여행에세이 베스트셀러 1위를 달성하며 독자들에게 큰 울림을 준 꼬맹이여행자의 이야기 『삶의 쉼표가 필요할 때』, 리커버 에디션 출시! 신의 직장이라고 불리는 금융공기업을 그만두고 새로운 삶을 살아보고자 세계여행을 떠난 저자가 428일간 44개국에서 만난 다양한 이야기를 들려준다. 여행지에서 만난 이들의 삶과 철학, 세상을 바라보는 다채로운 시선, 그리고 사유의 깊이가 어우러져 만들어내는 잔잔한 감동과 울림들을 만나보자.

낙타의 관절은 두 번 꺾인다 에피

"26만명이 감동한 유방암 환우 에피의 여행과 일상"

'구름 없이 파란 하늘, 어제 목욕한 강아지, 커피잔에 남은 얼룩, 정확하게 반으로 자른 두부의 단면, 그저 늘어놓았을 뿐인데 걸음마다 꽃이 피었다.'
다소 엉뚱한, 어둠속에서도 미소로 주변을 밝혀주는 그녀의 매력은 어디서 오는 걸까. 절망적인 상황에서도 미소를 머금은 한 여행자가, 이제 겹겹이 쌓아 놓았던 웃음과 이미 세상을 떠나버린 이들과 나누었던 감정의 선들을 펼쳐 놓는다.

이 여행이 더 늦기 전에 새벽보배

"내 남자의 손을 꼭 잡고 가려던 달콤한 신혼여행은 어쩌다 보니 손 꼭 잡은 부부 두 쌍을 모시고 가는 환갑여행이 되었다."

세계 곳곳에서 펼쳐지는 가족 간의 냉전과 사랑, 그리고 돈독한 이야기들 – 여행지에서 '이럴려고 떠나왔나'라는 생각이 들 때, 혹은 주저앉고 싶은 순간들을 만나는 때 읽고 싶은 여행에세이. 세계 곳곳에서 펼쳐지는 가족 간의 냉전과 사랑, 그리고 돈독한 이야기들. 특별하고도 스릴 넘치는 한 가족의 에피소드를 통해 독자들은 여행과 가족의 의미를 재발견 해 볼 수 있을 것이다.

자기객관화 수업

현실적응력을 높이는 철학상담

모기룡

가스라이팅   자기객관화

▲

서양철학은 우리도 모르는 사이에 우리의 사고를 주도하고 있다. 이를 테면,

너 자신을 믿어라 / 주체적으로 사고하라 / 고유한 너 자신을 찾아라 / 언제나 긍정적인 마음을 가져라 / 세상의 중심은 너다

이런 모토들은 장점도 있지만
그로 인해 외부의 관점을 무시하게 되는
부작용을 낳는다.
구루는 다음과 같이 말한다.

"이 모토들은 자신의 내면에 있는
것이 진짜 자신이라거나 가장
중요하다고 생각하게 만들지요.
그리고 타인들이 생각하는 나의
모습은 가짜이거나 중요하지
않다고 생각하게 만들지요."

자존감 주체성 가스라이팅 진정한 나 확신을 모르는 2인칭의 평판으로 보는 세상 상대와 인드들

CC 자기 객관화 수업
현실적응력을 높이는 철학상담

행복우물

한 권으로 백 권 읽기 II

고고학-문사철-사회과학-자연과학-인공지능까지!

노벨상의 산실 –
미국 시카고대학교의 비밀!

1890년에 석유재벌 존 록펠러와 몇 명이 힘을 합쳐 세운 시카고 대학은 설립 후 근 40여 년 동안 크게 두각을 나타내지 못하던 학교였다. 그런 대학에 1929년 총장으로 부임한 로버트 허친슨 박사는 '위대한 고전 읽기 프로그램(Chicago Plan)' 운동을 벌인다. 그는 200여 종의 고전을 선정하고 그 중 100여 종을 읽지 않으면 졸업을 시키지 않았다.

처음에는 반발도 거셌지만 그 프로그램을 시작하고 90년이 지난 지금은 '시카고대학교 (University of Chicago)' 하면 곧 '노벨상'이라는 등식이 성립하는 단계에까지 이르렀다. 위대한 고전을 읽는 일은 그만큼 중요하다. 사고의 폭이 넓어지면서 무궁무진한 아이디어가 솟아나기 때문이다.

오리도 날고
우리도 날고 김명진

"아빠, 힘들면 도망가!"
자발적 퇴사자 아빠와
꿈많은 아들이 세계를 날다

Feat. 오리찜

"아빠가 너 자는 동안
캥거루를 30마리나 봤어."
이날도 어쩔 수 없이
아들 녀석에게 선의의(?)
거짓말을

하고 말았다.

Kim Myungjin

고통스럽도록 유쾌한 책

Kim Myungjin

오리도 날고
우리도 날고

아빠, 힘들면 도망가...!

정말 새가 되면 이런 느낌이지 않을
까? 그 자유로운 기분……

오리는 온 나라 블 날았지만 애가 오리는 날았다.

햄릿북스

산만한 그녀의 색깔 있는 독서

윤소희

새벽을 깨우는 독서와 사유의 기록;

에세이, 시, 소설 등
넓고 깊은 독서를 하고 싶은데
어디서 부터 시작해야 할까?

윤소희 작가는 수년 째 매일 새벽,
읽고 쓰는 삶을 SNS에 공유하며
독자들에게 호평을 받고 있다.
책에는 윤소희 작가가 특별히
엄선한 작품들이 블랙,
화이트, 핑크 등 '컬러'라는
테마와 함께 공개된다.

Yoon Sohee

Yoon Sohee

산만한
그녀의
색깔있는
독서

행복우물출판사 도서 안내

● STEADY SELLER

○ 사랑이라서 그렇다 / 금나래

"내어주는 것은 사랑한다는 말, 너를 내 안에 담고 있다는 말이다"

2017 Asia Contemporary Art Show Hong Kong,

2016 컬쳐프로젝트 탐앤탐스 등에서 사랑받아온 금나래 작가의 신작

○ 여백을 채우는 사랑 / 윤소희

"여백을 남기고, 또 그 여백을 채우는 사랑. 그 사랑과 함께라면

빈틈 많은 나 자신도 온전히 좋아하며 살아갈 수 있을 것 같다."

'채우고 싶은 마음과 비우고 싶은 마음'을 담은 사랑의 언어들

● BOOK LIST

○ 다가오는 미래, 축복인가 저주인가 - 2032년 4차 산업혁명 이후 삶과 세계 - 김기홍 ○ 길을 가려거든 길이 되어라 - 김기홍 ○ 청춘서간 / 이경교 ○ 음식에서 삶을 짓다 / 윤현희 ○ 벌거벗은 겨울나무 / 김애라 ○ 가짜세상 가짜 뉴스 / 유성식 ○ 야 너도 대표 될 수 있어 / 박석훈 외 ○ 아날로그를 그리다 / 유림 ○ 자본의 방식 / 유기선 ○ 겁없이 살아 본 미국 / 박민경 ○ 한 권으로 백 권 읽기 I & II / 다니엘 최 ○ 흉부외과 의사는 고독한 예술가다 / 김응수 ○ 나는 조선의 처녀다 / 다니엘 최 ○ 꿈, 땀, 힘 / 박인규 ○ 바람과 술래잡기하는 아이들 / 류현주 외 ○ 어서와 주식투자는 처음이지 / 김태경 외 ○ 바디 밸런스 / 윤홍일 외 ○ 일은 삶이다 / 임영호 ○ 일본의 침략근성 / 이승만 ○ 뇌의 혁명 / 김일식 ○ 멀어질 때 빛나는: 인도에서 / 유림

행복우물 출판사는 재능있는 작가들의 원고투고를 기다립니다

(원고투고) contents@happypress.co.kr